LABYRINTHES

Kay Mitchell

EN DES LIEUX DÉSOLÉS

Traduit de l'anglais par Florence Vuarnesson

Librairie des Champs-Elysées

Ce roman a paru sous le titre original :

IN STONY PLACES

Pour maman

1

Il était plus facile de regarder par la fenêtre que d'affronter Gail. De toute façon, les nuages sombres qui s'amassaient au-dehors, de l'autre côté du terrain communal, étaient assez dans le ton du moment. Humeur noire pour temps noir…

Noir ou blême ? Un mélange des deux.

— Les lecteurs m'aiment bien… dit Gail, de la petite voix qu'elle prenait toujours dans ces moments-là.

— Les lecteurs, ils aiment tes nichons, oui ! Non mais pourquoi est-ce que tu ne leur fais pas le poirier la prochaine fois ? Je suis sûre qu'ils n'ont encore jamais vu ça…

Gail se sentit vaciller.

— Tu pourrais au moins faire un effort… Je vais pratiquement gagner le double de la dernière fois.

— Voilà, ça se résume à ça. À l'argent.

— Bon, écoute, je vais être en retard.

— Très bien ; mais tu ferais mieux de prendre un taxi. Il va tomber des cordes.

Gail éprouva un sentiment de défaite. Pour ce qui était des mots, elle sortait généralement perdante.

5

Forte pour les sentiments, faible pour l'intellect. Rob lui avait dit ça une fois, et ça lui était resté sur le cœur.

— Eh bien, si l'argent est quelque chose d'aussi sale, on en reparlera quand je serai riche.

— Je ne serai plus là, ma belle.

Rob aperçut les jumeaux Carter qui couraient dans la rue, le visage tout barbouillé de glace. Gail haussa les épaules, maussade, intérieurement bouleversée.

— C'est ta vie, c'est toi qui décides, lui lança Rob sans se retourner. Fais comme tu l'entends.

Au-dessus du terrain broussailleux, le ventre des nuages gonflés de pluie semblait toucher le haut des taillis. Si Gail choisissait de prendre par le terrain communal, il lui faudrait passer à proximité des arbres, et l'idée lui déplaisait.

— Tu vas être trempée jusqu'aux os au bout de dix secondes.

— Je courrai.

— C'est idiot.

— Oui, eh bien, je suis idiote. Je ne peux pas me permettre de prendre un taxi, voilà, ajouta-t-elle, crispée, en jetant son sac sur l'épaule. À ce soir.

Lorsqu'il commença à pleuvoir, elle était au milieu des taillis. D'énormes gouttes tombaient, comme des larmes d'éléphant, et le grondement du tonnerre annonçait pire encore. Gail tenait fermement son parapluie, les yeux rivés sur le chemin. Elle dérapa sur une pierre et faillit perdre l'équilibre.

Il faisait aussi sombre qu'en pleine nuit ;

bizarrement sombre. Elle n'avait jamais traversé le terrain de nuit. Tout était désert, un peu effrayant. Non, ce n'était pas cela ; ce qui était inquiétant, c'était ce qui pouvait se cacher derrière ce vide, dans la forme d'un arbre ou d'un buisson.

Une rafale s'abattit avec fracas sur le nylon tendu de son parapluie, lui soufflant du froid sur les jambes. Une brindille craqua dans les taillis, incroyablement fort dans le silence. Elle en eut des frissons. Un chien, peut-être ? Il devait être énorme. Elle voyait bien deux rottweilers de temps en temps, dans le coin…

Elle se mit à courir, embarrassée par son parapluie. D'ailleurs, c'était peut-être la dernière chose à faire. Elle avait encore plus l'air d'un gibier en fuite. Elle entendit le souffle de l'animal, derrière elle, fort, haletant. Elle se retourna, et s'aperçut qu'il ne s'agissait aucunement d'un chien.

Terrorisée, Gail tenta de scruter l'obscurité. Elle ramena son parapluie contre elle, comme un bouclier ; mais la mince armature fut écartée sans effort. Le parapluie lui échappa, tournoya, happé par la bourrasque, et continua de rouler en brinquebalant comme une roue de charrette jusqu'au bas de la pente. Gail apercevait l'abribus, mais ne put voir s'il y avait quelqu'un. Au moment où elle voulut hurler, elle sentit le poing s'abattre sur elle avec violence.

Le chemin désert descendait à l'oblique des taillis jusqu'à une vieille barrière métallique, non loin de l'abribus ; il rejoignait ensuite une route secondaire qui contournait deux petits villages et quelques fermes isolées. Il y avait peu de circulation. Sans raison véritable, peut-être à cause du silence environnant, le couple qui attendait sous l'abribus parlait à voix basse. Au-dessus d'eux, la pluie tombait de plus en plus fort sur le toit de tôle ondulée.

Lorraine était lancée sur son sujet favori, et le regard de Malcolm commençait à se relâcher. Il estimait qu'elle aurait dû se satisfaire du simple fait de l'épouser ; or, il fallait encore qu'elle déblatère sans fin sur les robes de mariée. Il essaya de ne plus écouter, mais n'y parvint pas.

— Couleur abricot, je dirais, pas toi ? Un joli abricot, dans les tons doux. Ta petite Tina sera drôlement jolie, et… (Elle s'interrompit et se mit à essuyer la vitre embuée de l'abribus.) Tu as entendu ?

— C'est quelqu'un qui fait une farce, dit Malcolm, légèrement troublé, en la serrant un peu plus fort contre lui.

— Par ce temps ? (Elle chercha un kleenex dans sa poche pour essuyer un peu plus la vitre.) On aurait dit…

— Quelqu'un qui faisait une farce, répéta Malcolm. Et pourquoi pas du bleu ? reprit-il pour détourner son attention. J'ai toujours aimé le bleu.

À contrecœur, elle tourna ses yeux sombres vers lui et se laissa distraire.

— Bleu vif ou bleu roi ?

Il ne sut quoi répondre. Pour lui, du bleu c'était du bleu.

— Plutôt pâle, tu vois, comme le pull que tu t'es acheté la semaine dernière.

— Peut-être… rétorqua Lorraine avec humeur. (Elle s'était déjà décidée pour l'abricot.)

À travers la vitre, le parapluie noir qui dévalait la pente attira son regard. Elle crut tout d'abord que c'était un sac poubelle vide, mais reconnut ensuite sa forme ronde.

— Ça, c'est drôle, alors ! dit-elle. Quelqu'un qui a perdu son parapluie. (Elle leva la tête.) Je ne vois personne lui courir après.

— Oui, c'est drôle.

Ensemble, ils regardèrent le parapluie arriver vers eux en tournoyant, porté par le vent.

À présent, le ciel était d'un gris uniforme.

— On dirait que la pluie n'est pas près de s'arrêter, dit Malcolm. Si j'allais chercher ce parapluie, on pourrait rentrer en vitesse.

— Quelqu'un va sûrement venir le récupérer.

— On attend cinq minutes, alors.

Ils attendirent. Personne ne vint.

— On pourrait le déposer quelque part, suggéra Lorraine. Ce ne serait pas comme si on le volait, n'est-ce pas ?

Le parapluie était venu s'arrêter au pied de la haie. Malcolm se leva et s'en approcha, trempant au passage le bas de son pantalon dans l'herbe haute et mouillée. L'ayant secoué, il vit qu'il était pratiquement neuf. Son regard alla du parapluie aux taillis. Et si ce cri avait été bien réel ? Ne devrait-il pas chercher à savoir ? Il se sentit bête et s'éloigna de la haie.

De l'abribus, Lorraine le vit commencer à gravir la pente. Elle sortit sous la pluie.

— Mal ! Viens, dépêche-toi ! (Puis, soulagée lorsqu'il fut revenu près d'elle, elle dit :) Imbécile !

Elle s'accrocha à son bras.

— J'ai pensé que je devais… commença-t-il.

— Je sais. Mais tu l'as dit toi-même : quelqu'un plaisantait. Inutile d'aller se tremper pour ça, n'est-ce pas ? (Elle l'entraîna dans la rue.) Ce ne pouvait rien être d'autre en plein jour, conclut-elle, confortablement installée dans son opinion.

Les jeunes filles bien sages n'ont pas d'ennuis.

L'appel fut enregistré au poste de police de Malminster à 16 h 20. Trois minutes après, une Panda s'arrêtait devant l'abribus de Mortimer Road. La pluie avait cessé depuis une demi-heure, et un soleil vigoureux commençait à percer le ciel de plomb.

Dans la montée, près des taillis, un homme attendait, l'air mal à l'aise, un bull-terrier blanc gémissant à ses côtés.

Quand l'agent Hicks parvint jusqu'à lui, le souffle court, il sut qu'il ne s'agissait pas d'un appel bidon. Il le voyait à l'expression de ce visage vieillissant, qui avait dû être rubicond. Avant qu'il ait pu poser une question, il fut poussé sans cérémonie vers les taillis. À ses pieds, le chien esquissa un grognement.

— Wooster l'a trouvée là, juste sous les arbres, dit son maître, d'une voix saccadée de bronchitique. Sacré chien, je croyais qu'il en avait après les lapins. Malheureusement, non. J'aurais bien voulu ne pas avoir regardé.

Hicks dégagea son bras.

— Je ferais mieux d'aller voir par moi-même dans ce cas, monsieur, lui dit-il.

L'agent Hicks caressait l'espoir d'une promotion rapide, et il fit bien attention où il mettait les pieds. La fille était allongée à plat ventre, à moitié dissimulée par les broussailles, les bras en croix. Par réflexe, il se pencha pour toucher son pouls, mais se rétracta immédiatement au contact de la peau froide. Son premier cadavre. Alors qu'il sortait son émetteur, il sentit ses genoux se dérober, et commença à transpirer.

Avec un sentiment de compassion involontaire, il se dit que c'était aussi ce que devait ressentir le vieux.

2

Morrissey avait quitté son bureau à la hâte, ayant compris après coup pourquoi Margaret lui avait lancé tous ces regards bizarres au petit-déjeuner. Heureusement qu'il y avait un fleuriste au coin de la rue ! Des roses rouges, et un dîner dans ce restaurant italien qu'elle aimait bien, et il en serait quitte.

Ces derniers mois, son mariage semblait être entré dans une phase d'accalmie, et il se prenait presque à apprécier le bonheur d'un foyer. Non pas qu'il tînt Margaret responsable de leurs moments de turbulence. Être la femme d'un policier représentait trop de dîners gâchés, de sorties annulées, et Margaret n'avait pas exactement le tempérament d'une sainte. Lui non plus, d'ailleurs.

Le déluge de l'après-midi avait cédé la place à un soleil inégal, et l'atmosphère lourde et orageuse à une certaine fraîcheur. Même ici, au centre de la ville, l'air semblait exceptionnellement pur. Les roses choisies, payées et expédiées à leur destinataire, Morrissey prit son temps sur le chemin du retour.

Les lourdes portes à battants laissèrent échapper une bouffée d'air chaud et sec. La ventilation à l'intérieur des locaux de la police ne fonctionnait jamais correctement ; de plus, ils avaient installé de nouvelles fenêtres qu'il était impossible d'ouvrir en grand : un moineau ne serait pas passé dans la mince ouverture qu'elles permettaient.

Morrissey comptait appeler le restaurant Chez Florio dès son arrivée, mais un regard de Barrett l'informa que ce n'était même pas la peine d'y penser. Le nouveau dossier qui se trouvait sur son bureau portait un autocollant rouge, et les autocollants rouges n'étaient jamais synonymes de soirées à la maison. Il soupira.

— Où ça ? demanda-t-il.

— West Common. Et le patron vient d'appeler il y a deux minutes ; il veut vous parler. Il avait l'air un peu remonté.

— Je sais pourquoi. Il voit déjà la raclée qu'on

va se prendre dans la presse et il ne sait plus où se mettre.

La colère que ressentait Morrissey lui était familière, et son sentiment était encore aggravé par une impression d'impuissance. Il savait ce qui l'attendait sur le terrain communal ; il savait avec quelle minutie s'effectuerait l'enquête, à la recherche de la moindre petite preuve ; et il savait également que son unique espoir était que ce tueur qui frappait au hasard commette une seule petite erreur.

Il parcourut rapidement le rapport qu'il avait sous les yeux, puis ayant grimacé à l'attention de Barrett, attrapa le téléphone.

— Donnez-moi deux minutes, Neil, lui dit-il, il faut que je fasse la paix.

Barrett sortit en refermant la porte derrière lui, tandis que Morrissey reconnaissait la voix de Margaret à l'autre bout du fil.

Barrett alla s'asseoir dans la voiture et attendit. Ah, il valait mieux se marier que de brûler dans les feux de l'enfer… Lui, en tout cas, ne se sentait pas le moindre penchant pour le précepte de saint Paul. Sa philosophie se résumait à « mieux vaut brûler vite que rôtir à petit feu ».

Morrissey — dont le visage impassible ne livrait aucune information — le rejoignit. Barrett démarra en douceur, se gardant bien de poser des questions.

Ils s'arrêtèrent dans Mortimer Road, derrière la Panda de Hicks. Un vieil homme était assis à l'arrière avec son chien à côté de lui — un terrier —

qui découvrit des crocs menaçants lorsque Barrett se pencha à l'intérieur.

L'agent Hicks, qui les attendait en haut de la montée, les regarda arriver avec un mélange de soulagement et d'envie. Une fois qu'ils auraient pris l'affaire en main, il ne lui resterait rien d'autre à faire que son rapport ; et probablement raccompagner le vieil homme chez lui.

Il les accueillit avec le salut réglementaire. Quelqu'un lui avait dit un jour que pour quitter l'uniforme au plus vite, il fallait se faire remarquer. C'était un moment comme un autre pour y parvenir.

Morrissey lui répondit par un hochement de tête, et un léger sourire affleura sur ses lèvres.

— Qui est-ce, dans votre voiture ? demanda-t-il.

— Le propriétaire du chien qui a trouvé le corps, chef. Quand je suis arrivé ici, on aurait dit qu'il allait tomber dans les pommes. J'ai pensé qu'il valait mieux le faire asseoir.

— Vous l'avez interrogé ?

— Je lui ai demandé s'il avait vu quelqu'un, mais il dit qu'à part lui et son chien, tout était désert.

Morrissey s'accroupit dans l'herbe et les feuilles mouillées. Impossible de voir de quoi avait l'air la morte dans la position où elle se trouvait, face contre terre, et tout aussi impossible de la bouger avant que le photographe n'ait fait son travail.

Cela n'empêchait pas ce désir instinctif de la retourner et de dégager son visage de la terre boueuse où il se trouvait. Les longs cheveux soyeux suggéraient que la fille était jeune. Quel âge ? 18 ? 20 ans ? Katie avait 18 ans. Et Katie rentrait seule à la maison. Il essaya de chasser sa fille de ses pensées. Chez lui, il était père ; ici, la meilleure chose qu'il pût faire pour elle et pour toutes les autres femmes de Malminster, c'était de garder l'esprit clair.

Il y avait un accroc dans le ciré noir de la fille — une branche basse sans doute — et ses chaussures étaient tombées quand on l'avait traînée à l'écart.

Il sortit précautionneusement des broussailles et revint avec Hicks et Barrett sur le chemin.

— Je suppose que vous avez les coordonnées du témoin ? demanda-t-il à Hicks.

— Oui, chef. Charles Hodgson, 18 Grasmere Crescent. Comptable à la retraite.

— Dans une ou deux minutes, vous pourrez le raccompagner chez lui. (Puis, à l'attention de Barrett :) Descendez voir s'il a quelque chose d'intéressant à nous dire.

Plusieurs voitures de la police et un fourgon étaient arrivés. Hicks allait emboîter le pas à Barrett, mais Morrissey le rappela :

— Je voudrais un exemplaire de votre rapport sur mon bureau demain matin, lui dit-il.

— Bien, chef.

— Apportez-le vous-même, ajouta Morrissey, observant l'expression de Hicks — qui hésitait visiblement entre la perspective d'un blâme ou d'un compliment.

Barrett avait cru reconnaître la fille lorsque le médecin légiste l'avait retournée sur le dos. Mais où et quand l'avait-il vue ? Là-dessus, il était resté très vague.

Morrissey l'avait emmené avec lui à la morgue. Il y faisait froid et humide. Ce n'était pas la première fois qu'il y allait et cela ne lui plut pas davantage. On avait envoyé les vêtements de la fille à l'examen médico-légal et son corps, après que les marques et traces de coups eurent été photographiés, attendait à présent l'autopsie.

L'employé de nuit tira le drap qui recouvrait le corps.

— Putain de gâchis ! dit-il avec un regard concupiscent. Ça m'aurait bien plu, à moi !

Morrissey lui jeta un œil dégoûté. Il déplaça doucement la tête de la fille pour observer les contusions marbrées sur son visage et les profondes marques sur le cou. Ça n'avait pas été une mort paisible.

Selon le médecin légiste, elle remontait à la veille, entre midi et 14 heures. À cette heure-là, le terrain communal devait être désert, totalement vidé de ses promeneurs par une pluie battante. Qu'est-ce qui avait bien pu faire choisir à cette jeune fille ce chemin en particulier, à cette heure en particulier ?

— Page 3, dit brusquement Barrett. (Et comme Morrissey le regardait sans comprendre :) C'est là que je l'ai vue. En page 3 du *Sun*. La semaine dernière, je ne sais plus quel jour. (Puis, comme le regard de Morrissey restait sur lui, il ajouta, sur la défensive :) Il y en avait un qui traînait au vestiaire. Je ne l'achète pas !

C'était le genre de remarque qui, d'habitude, aurait fait sourire l'inspecteur Morrissey ; mais pas cette fois.

— Eh ben, j'parie que vous vous attendiez pas à ça ; j'ai encore toutes les photos de la semaine dernière, dit l'employé de la morgue de cette voix nasale et monotone qui les irritait tous les deux.

Il remit le drap en place sur le corps.

Barrett et Morrissey le suivirent dans le couloir, jusqu'à un débarras pas très net, meublé d'une table tachée et d'une chaise. Au mur, une rangée de pages 3 du *Sun*, grossièrement découpées.

— J'aurais jamais cru que j'en recevrais une ici, dit le type en s'esclaffant. C'est en super gros plan, là.

Barrett sentit la colère monter comme une vrille. Il se força à regarder le mur.

— Celle-ci, dit-il seulement, en retirant les punaises.

— Ah non, alors… Je veux la montrer aux copains.

— On vous la rendra. En temps utile.

— Ah ouais ? Mais ça me servira à quoi, hein, dans six mois ? J'aurais rien dû dire.

— Vous en faites pas, dit Barrett avec lassitude, ils vont sûrement la sortir en couleur la semaine prochaine.

— Vous croyez ? dit l'autre, une lueur avide dans ses yeux bouffis. Alors, c'est ça…

Morrissey surprit son expression calculatrice.

— Tout ceci doit rester strictement confidentiel, aboya-t-il. Parlez-en à qui que ce soit et je vous inculpe pour entrave à l'enquête.

— Elle est à moi, cette coupure !

— Elle peut vous valoir trois mois de vacances.

Sur ce, ils le laissèrent planté là face au mur, lorgnant d'un air maussade l'endroit où se trouvait la photo.

— Vous pensez qu'il tiendra compte de l'avertissement ? demanda Barrett, une fois dans la voiture.

— J'espérerais presque que non.

Gail Latimer fut identifiée par sa colocataire à 22 heures, le soir même. Morrissey fit entrer la jeune fille dans son bureau et s'efforça d'être doux avec elle.

— Il faut que nous sachions comment elle passait son temps, commença-t-il ; quels endroits, et plus précisément, quels hommes elle fréquentait. Y avait-il quelqu'un en particulier ?

Susan Reed fit non de la tête.

Elle avait un physique assez angulaire, de longs cheveux châtains attachés en arrière, mais qui commençaient à se défaire. Elle semblait sur le point de s'évanouir. Morrissey espéra que le thé qu'il avait demandé arriverait vite.

— C'était une belle fille, dit Barrett. On aurait pu penser…

— Qu'elle aurait eu plus d'un homme à sa suite ? C'est ce que vous alliez dire, n'est-ce pas ? Eh bien, non. Ce n'était pas le genre de Gail.

Susan Reed tremblait légèrement. Elle croisa brusquement les bras sur sa poitrine, et agrippa ses épaules de chaque côté.

— Aurait-elle pu donner rendez-vous à quelqu'un sur le terrain communal ? demanda Morrissey.

— Non.

Aucune hésitation dans sa réponse ; comment pouvait-elle être aussi sûre ? se demanda Morrissey.

Le thé arriva. Il la laissa boire tranquillement, les mains serrées autour de sa tasse. Lorsqu'un peu de couleur fut revenue sur son visage, il fit une nouvelle tentative.

— Parfois, même les plus petites choses, les détails les plus insignifiants peuvent nous aider, dit-il. (Pourquoi son regard le mettait-il mal à l'aise ?) C'est pour cela que nous avons besoin de tout savoir sur elle, même si vous pensez que c'est indiscret.

— Je sais cela. Vous n'avez pas besoin de me l'expliquer. (Elle reposa sa tasse et s'assit bien droite.) Beaucoup de meurtriers sont connus de leur victime. C'est là-dessus que vous travaillez, non ? Eh bien pas dans le cas de Gail.

— Vous la connaissiez si bien que ça ? Depuis combien de temps partagiez-vous cet appartement ?

— Deux ans. Je... Je l'aimais beaucoup. Nous nous confiions l'une à l'autre, c'était plus que ce que vous appelleriez du simple bavardage entre filles ; et, oui, je la connaissais bien. Suffisamment pour savoir si elle avait des problèmes avec un homme.

— Pouvez-vous me donner l'adresse de ses parents ? Je voudrais les avertir avant qu'ils ne l'apprennent par une voie dérivée.

— Elle n'en avait pas. Elle a un frère marié, à Manchester, mais ils n'étaient pas très proches ; il a à peu près dix ans de plus qu'elle. Je peux vous donner son adresse. Mon Dieu ! s'écria-t-elle subitement en fixant ses mains qui s'agitaient, ça n'a aucun sens d'être assise là comme ça, à discuter en buvant du thé. Je me sens comme engourdie, comme si rien de tout ça n'était réellement en train de se passer.

— Êtes-vous inquiète à l'idée de retourner chez vous ? Y a-t-il un endroit où vous préféreriez aller, quelqu'un que vous voudriez faire venir ?

— Non, ça ira, merci ; ça ne me gêne pas. Enfin ce n'est pas ça qui me gêne.

— Qu'est-ce que c'est, alors ?

Elle les soupesa un moment du regard. Morrissey se demanda si elle les trouvait simplets.

— C'est ce vide, dit-elle enfin. Ce vide que je vais trouver demain, et le jour suivant, et celui d'après. Je déménagerai probablement.

— Il faudra que nous examinions ses affaires, dit brusquement Morrissey. Quand vous vous en sentirez capable.

Comme il se sentait bizarre en face de cette fille…

Elle ne semblait pas dire ce qu'elle pensait vraiment. En l'occurrence, il ne la croyait pas vraiment lorsqu'elle affirmait tout connaître de sa colocataire ; et quelque part dans ses affaires, il y avait sûrement quelque chose qui indiquerait l'existence d'un homme dans sa vie.

— Quand vous voudrez, répondit-elle simplement, attendant sa décision.

3

Il était presque minuit lorsque Morrissey rentra chez lui. En haut, dans l'obscurité de sa chambre, Margaret vit le rai lumineux de ses phares balayer la pièce. Elle se tourna de l'autre côté, dos à la porte.

Elle ne faisait pas la tête, elle ne se sentait même pas blessée, elle était seulement... Elle ne savait pas quel mot employer pour exprimer ce qu'elle ressentait. Peut-être l'image d'une fourmi ensevelie sous un filet de sable.

Les roses étaient dans un vase, sur la table basse de la salle à manger ; à côté était posé un cadeau soigneusement enveloppé, qu'elle avait passé du temps à chercher. Il le trouverait lui-même, ce soir ou demain ; ça n'avait plus d'importance maintenant. Un autre anniversaire de mariage était passé.

Les phares s'éteignirent ; immobile dans son lit, elle attendit le bruit de sa clef dans la serrure. Paradoxalement, une partie d'elle-même eut envie de se lever et de descendre pour entendre son soulagement lorsqu'il dirait doucement : « Margaret ? »

Morrissey était dans l'entrée, plongée dans le silence. Les lumières du salon étaient allumées et il savait qu'il trouverait des sandwichs et un thermos de café. Ce soir plus encore que n'importe quel soir, ils seraient comme un reproche tangible. La preuve, si besoin était, que Margaret était une bonne épouse, alors que lui…

Bon sang, elle savait que son boulot exigeait ça !

Il entra dans le salon et vit les roses, et en même temps le paquet enrubanné. Encore un reproche. Mérité.

Il ne pouvait mettre son oubli sur le dos de son travail. C'était de la pure négligence. Peut-être pas intentionnelle, mais cela n'enlevait rien à la faute. D'autres mariages avaient sombré pour moins que cela.

Il ne toucha pas à son cadeau avant d'avoir nettoyé les traces de son repas solitaire. Puis, lorsqu'il ne fut plus possible de l'éviter, il déchira le papier et l'ouvrit.

Dylan Thomas. *Portrait de l'artiste en jeune chien.*

Morrissey retourna le livre entre ses mains, conscient du temps que Margaret avait dû passer pour trouver cette première édition. Il ne s'agissait pas d'un saut comme ça à la dernière minute, au magasin du coin. Bizarrement, il lui en voulut de s'en être souvenu alors que lui avait oublié. Il rangea le livre dans la bibliothèque, entre *Mort et entrées* et *La Carte de l'amour*, éteignit la lumière et monta sans faire de bruit.

La porte de Katie était ouverte et la lumière du

palier éclaira son visage. Le souvenir de Gail Latimer dans les taillis détrempés lui revint. Elles étaient à peu près du même âge. Katie aussi passait parfois par le terrain communal. Elle n'était pas plus à l'abri que n'importe quelle autre fille. Dans la chambre en face, son fils ronflait doucement, les bras étendus en travers du lit, le duvet à moitié tombé par terre. Morrissey le remit en place et Mike se réveilla un peu, puis recommença aussitôt son léger ronflement.

Dans leur chambre, Margaret était elle aussi couchée ; pas un bruit, pas un mouvement. Il se déshabilla tout doucement, pour ne pas la déranger, et se glissa au lit. Lorsque le mouvement régulier de sa respiration se fit entendre, Margaret se leva, descendit à la cuisine se faire une tasse de lait chaud et prit deux aspirines.

Il était à peine 8 heures lorsqu'il arriva à son bureau. Margaret ne s'était pas réveillée et il lui avait apporté une tasse de thé au lit, soulagé que les récriminations soient remises à plus tard.

Hicks l'attendait déjà, dans un uniforme qui avait l'air de sortir tout droit du repassage. Morrissey se força à se concentrer sur le travail en cours. Il ajouta le rapport de Hicks au dossier Latimer, et hocha la tête.

— Bon rapport, lui dit-il. C'est agréable de lire quelque chose de clair.

Hicks, qui jusque-là était resté sur sa chaise, l'air assez mal à l'aise, se pencha en avant avec empressement :

— Merci, chef, dit-il.

Sans sourire, Morrissey soutint son regard et apprécia qu'il ne détournât pas le sien.

— Bien, dit-il. Je glisserai un mot en votre faveur. Vous pouvez y aller maintenant.

— Encore un qui fait du zèle, dit Barrett lorsque Hicks fut sorti.

— On a besoin d'eux, fit remarquer Morrissey. Plus ils sont nombreux et moins on a d'enquêtes de routine à se coltiner. (Il attrapa le dossier sur son bureau et s'extirpa péniblement de son fauteuil.) Allons-y, bon sang ; la moitié de la journée est déjà passée. Allez chercher la voiture, on va rendre une autre petite visite à Susan Reed.

Barrett ne discuta pas. Il pratiquait suffisamment Morrissey pour savoir reconnaître l'un de ses accès de frustration. De toute évidence, cela ne s'était pas bien passé chez lui, la veille au soir. Dans tous les cas, mieux valait ne poser aucune question.

L'appartement était situé au rez-de-chaussée, de l'autre côté du terrain communal. Par les fenêtres à guillotine d'aspect vieillot, on apercevait une partie du chemin. La maison possédait aussi un grenier, comme les six ou sept autres maisons adjacentes. Si quelqu'un s'était tapi parmi les arbres, on l'aurait vu de l'une des grandes fenêtres, là-haut.

Les cernes noirs de Susan Reed laissaient deviner quelle nuit d'insomnie elle avait passée. Le frère de Gail Latimer avait probablement les mêmes. La police de Manchester avait dû lui annoncer la nouvelle dans la nuit.

Morrissey abandonna la fenêtre et rejoignit Barrett dans la chambre. Il y avait des lits jumeaux, avec des couettes à fleurs de couleurs vives.

— Vous partagiez la même chambre ? demanda-t-il.

— Il n'y en a qu'une dans l'appartement, répondit Susan Reed tout en suivant Barrett des yeux, qui ouvrait les tiroirs.

Morrissey se doutait qu'elle avait passé la nuit sur le canapé du salon. Il se demanda combien de temps il lui faudrait avant que le malaise ne se dissipe et qu'elle puisse reprendre possession de son lit.

Cela l'ennuyait de retourner les effets personnels de quelqu'un, de fouiner dans ses affaires, dans sa vie privée. Mais il y avait toujours la possibilité, même minime, de tomber sur une piste. Instinctivement, il savait que cela n'arriverait pas cette fois-ci, mais la règle exigeait que l'on vérifie.

Susan était appuyée au chambranle, le regard sombre et vide. Barrett revint avec un exemplaire de la photo du *Sun*.

— Ça ne lui ressemblait pas, mais vous n'avez pas idée de ce qu'elle gagnait avec ça ; bien plus qu'en étant mannequin. C'est idiot, non ? Du cul, des nénés. Complètement idiot !

Elle s'éloigna dans la cuisine. Ils l'entendirent remplir la bouilloire. Barrett avait l'air penaud.

— Et Gail, demanda Morrissey, appuyé à l'entrée de la cuisine. Est-ce que cela l'ennuyait, ce genre de travail ? Est-ce que cela la perturbait ?

Susan haussa les épaules.

— L'argent compensait. Ou plutôt aurait compensé, si elle avait eu le temps de le dépenser.

— Et vous ? Vous aussi, vous posez ?

Elle rougit, mais il eut l'impression que c'était plus de colère que de gêne.

— Non, répondit-elle, je travaille dans le graphisme.

— Gail savait-elle que vous désapprouviez ce qu'elle faisait ?

— Je n'ai pas dit cela.

— Pas explicitement, mais certaines choses se comprennent à demi-mot.

— Je pense que c'est de l'exploitation. Beaucoup de femmes pensent la même chose, vous savez, dit-elle, le regard accusateur.

— Cela vous étonnera peut-être, mais un certain nombre d'hommes aussi ; mais vous le savez, sans doute.

— Pas vraiment, non. (Elle se détourna brusquement.) Je vais faire du café. Vous en voulez ?

— Merci, oui. Café noir, pour tous les deux.

Barrett réapparut, un petit carnet bleu relié de cuir à la main. Un journal. Il le déposa sur la table.

— Vous avez dit pas de petit ami, observa-t-il. Effectivement, un journal étant quelque chose de privé, il n'y a aucune raison pour que vous ayez déjà vu celui-ci.

Susan avait les yeux rivés sur la table ; le café se renversa.

— Zut ! (Elle attrapa une serviette en papier.) Et qu'est-ce que j'y aurais trouvé ?

— Beaucoup de choses à propos d'un certain Rob, qui n'appréciait pas tellement ces photos, dit Morrissey.

— Ah.

— Vous ne le connaissez pas ?

— Gail ne m'a jamais parlé d'aucun homme, et je ne lisais pas son journal.

Morrissey s'attendait à cette réponse, mais se sentit quand même déçu.

— Pardonnez-moi, dit Susan, mais est-ce vraiment si important ?

— Il serait intéressant de pouvoir l'écarter de notre enquête.

— Sans doute, dit-elle d'une voix aussi inexpressive que son regard.

— Elle devait bien le connaître, dit Barrett en lui présentant le prospectus d'une agence immobilière. J'ai trouvé cela également. On a écrit dessus.

Le regard de Susan s'arrêta sur la photo sépia d'une maison, entourée d'un cœur grossièrement dessiné. Au-dessous, on lisait : « Rob et Gail. Leur maison. »

— On dirait qu'elle avait des projets, dit Morrissey. Et je me demande bien pourquoi elle gardait le secret là-dessus, pourquoi elle ne vous en parlait pas, puisque vous étiez si bonnes amies. Qu'en pensez-vous ?

Susan agrippa la table.

— Je ne sais pas. Je ne sais pas pourquoi.

Il y avait une souffrance terrible dans son regard. Que dissimulait-elle donc ? En tout cas, il faudrait que Morrissey creuse et creuse encore pour le découvrir, car il était clair que Susan Reed ne le dévoilerait pas de son plein gré.

4

— Eh bien, au moins, on a une piste, dit Barrett une fois dehors. Quelque chose qu'elle gardait secret. Rob. Peut-être Robert. Faudrait vérifier avec les autres dossiers.

— Mmmh.

— Peut-être qu'il lie connaissance avec ses victimes, reprit Barrett, et puis quand elles commencent à trop s'attacher, il s'en débarrasse ; définitivement. Qu'est-ce que vous en pensez ? demanda-t-il en jetant un regard à Morrissey, dont l'expression s'était figée.

— J'en pense que j'aimerais bien que ce soit aussi simple.

Barrett ne répondit rien ; il n'avait pas voulu dire que ce serait simple, mais que ça valait la peine de vérifier dans les dossiers des deux autres filles assassinées. Il y avait peut-être eu un Rob quelque part dans leur vie. Au moins, c'était une approche positive. Il commençait à couver un certain ressentiment. On verrait bien quand il serait inspecteur en chef...

Sous les arbres, dans les taillis, le sol était spongieux et les feuilles mortes collaient aux chaussures comme des doigts de cadavre. Morrissey n'aurait pas su dire pourquoi ils étaient revenus. Ils ne trouveraient rien de plus : l'équipe médico-légale était passée par là. Pourtant, quelque chose le travaillait, il ne savait pas quoi. L'air morose, il traîna ses gros souliers sur le sol humide. Leurs semelles mal collées n'en souffrirent pas outre mesure, au contraire des chaussures de ville bien cirées de Barrett, déjà recouvertes de crasse sur trois centimètres. Il souleva un pied pour inspecter les dégâts et jeta un regard mauvais au dos de Morrissey. S'il avait su qu'ils iraient faire de la marche dans les sous-bois, il aurait mis ses bottes ; elles étaient dans le coffre. Encore de quoi être maussade. Quels qu'aient été les motifs de la querelle entre le chef et sa femme, il décida avec satisfaction qu'il était du côté de sa femme.

Morrissey le surprit en équilibre sur un pied.

— Vous auriez dû mettre vos bottes, lâcha-t-il avec condescendance.

Barrett laissa retomber son pied. « Merde ! » pensa-t-il très fort...

De l'autre côté des taillis, le terrain, couvert d'une herbe haute et drue et d'ajoncs rabougris, descendait jusqu'à Mortimer Road, pour tourner ensuite vers les villages de Norton et de Manorfield.

Morrissey observa d'en haut les groupes de maisons, construites dans cet endroit retiré immédiatement après-guerre. Bien protégées, bien cotées — c'était du moins ce que pensaient les gens qui habitaient là. Morrissey se souvenait de la remarque de son père, la première fois qu'ils étaient venus là tous deux. « Du carton-pâte ! » s'était-il contenté de dire.

L'homme qui avait découvert le corps de Gail Latimer avec son chien habitait là. Dans l'un des jardins, il y avait un panneau « À vendre ». Morrissey sursauta. Sur le prospectus que Barrett avait trouvé dans la chambre de Gail Latimer, il n'y avait aucune adresse, simplement la photo et le descriptif de la maison ; mais il n'avait aucun doute : c'était bien cette maison-là. Il la montra à Barrett.

— On ferait aussi bien de couper, lui dit-il en s'engageant dans les herbes, sur le chemin cahoteux.

Barrett suivit, en jurant dans sa barbe.

Arrivés devant la maison, ils sonnèrent. Une femme leur ouvrit, l'air soupçonneux, maintenant la chaînette de sécurité jusqu'à ce que Morrissey lui montre sa carte. Il jugea cette attitude sensée ; à la place d'une femme, avec un meurtrier qui courait dans la nature, il aurait lui aussi été sur ses gardes.

Il sortit la photo de Gail.

— Un policier est déjà venu me poser des questions sur elle, répondit la femme. Je lui ai dit que je ne la connaissais pas.

— Je le sais, répondit patiemment Morrissey, mais il s'agit d'un problème différent. Il se pourrait que cette jeune fille soit venue visiter votre maison ; peut-être avec un homme.

Le regard de la femme s'agrandit, comme si cette seule pensée la mettait en danger.

— Vous voulez dire, l'homme qui…

Elle ne finit pas sa phrase.

— Nous l'ignorons, dit Morrissey, mais si vous pouviez essayer de vous rappeler….

Elle prit la photo et l'étudia alors attentivement.

— Je connais son visage, dit-elle finalement. C'était une belle fille, non ? Mais je vois tellement de gens… et puis si elle habitait près du terrain communal, j'ai très bien pu la voir n'importe où ailleurs. Je ne me souviens pas qu'elle soit venue ici. Mais Brian l'a peut-être vue, lui — c'est mon mari. S'ils sont venus visiter un week-end, je ne suis pas au courant. Je travaille le samedi et le dimanche, à l'hôpital. Dans ce cas, ce serait Brian qui leur aurait fait visiter.

— Il n'est pas là pour le moment ?

— Non, il ne rentrera pas avant 19 heures. (Elle prit un air hésitant.) Je suppose que vous allez me demander où il travaille ?

— Si cela ne vous ennuie pas, oui ; cela nous aiderait s'il se souvient d'elle.

— Ma fille habite dans le Cheshire, dit la femme de but en blanc. Elle était à l'université de Bradford quand l'Éventreur… J'étais tellement inquiète ! explosa-t-elle subitement ; et maintenant, ça recommence ! Bien sûr, je vais vous dire où trouver Brian. Il est directeur des ventes chez Crowther's Biscuits. Brian Appleby. (Elle leur rendit la photo.) Je vais l'appeler pour le prévenir de votre visite.

Morrissey la remercia pour son aide. Elle lui adressa un sourire hésitant et, dès qu'ils furent sortis, referma sa porte et la verrouilla.

— Ça, c'est un coup de pot, dit Barrett en regagnant la voiture. Ça nous évitera d'aller à l'agence immobilière.

— Rien du tout, dit Morrissey, laconique. Je veux connaître le nom de tous ceux qui se sont intéressés à cette maison. Prévoyez cela immédiatement après notre visite chez Crowther's.

Barrett ne répondit rien. En fait, il ne desserra pas les dents de tout le trajet ; et si son chef avait remarqué sa froideur, il n'en laissa rien paraître.

Il régnait chez Crowther's — ce fut la première chose que nota Morrissey — une odeur de vieux tabac. Et même le courant d'air qui s'engouffrait par la fenêtre à moitié ouverte ne parvenait pas à la chasser.

Le bureau de Brian Appleby était confortable, plus vraiment neuf et meublé simplement. L'entreprise croyait de toute évidence à une politique de maîtrise des dépenses, ce qui pour Morrissey était bon signe.

Appleby les attendait en personne : sa femme avait tenu parole. Après s'être présenté, Morrissey lui soumit la photo, qu'il examina attentivement.

— Si elle est vraiment venue visiter la maison, elle doit être dans les dossiers de l'agence, dit-il en s'appuyant des deux coudes sur le bureau, la photo en face de lui. Mais je crois me souvenir d'elle, continua-t-il. Si c'est celle à laquelle je pense, elle est venue seule, un dimanche après-midi, il y a environ deux semaines. Ravissante, et très enthousiaste. On aurait dit qu'elle allait se précipiter directement à l'agence et payer comptant. Je lui ai posé une question sur son fiancé, mais elle a changé de sujet.

— Elle n'a même pas donné son nom à lui ?

— Pas que je me souvienne, non. Elle ne m'a pas dit non plus où elle habitait. D'après ce que j'ai entendu aux informations, c'était quelque part près du terrain communal, non ?

— Pas loin de chez vous, en fait, répondit Morrissey. Peut-être l'avez-vous même déjà aperçue sur le terrain.

— Nous n'y allons plus tellement, dit Appleby, maintenant que les enfants sont partis.

— Votre femme nous a parlé de votre fille…

— Nous en avons deux, précisa-t-il ; mais il ne s'étendit pas davantage.

Barrett s'immisça dans l'entretien.

— Donc, vous n'aviez jamais vu cette jeune fille ailleurs, monsieur ? demanda-t-il.

— Jamais, répondit Appleby sans hésiter. Je pensais l'avoir déjà dit à monsieur l'inspecteur principal.

— C'est vrai, répondit Barrett, mais je suis parfois un peu obtus. Puis-je vous demander quel journal vous lisez ?

Morrissey lui jeta un regard perçant.

— Le *Telegraph*, répondit Appleby. Il y a de bons mots croisés.

— Et au bureau ? insista Barrett. Vous lisez

quelque chose d'autre, à l'heure du déjeuner ? Quelque chose de plus léger, peut-être ?

Appleby remua dans son fauteuil.

— Quelquefois.

— De beaucoup plus léger ? Le *Sun*, peut-être ?

Morrissey se dit qu'Appleby allait protester, mais le regard de celui-ci suivit celui de Barrett jusqu'à la corbeille à papiers, que Morrissey ne pouvait voir de sa place. Barrett se leva et se pencha au-dessus.

— Le *Sun* d'hier, dit-il en attrapant le journal et en le secouant pour l'ouvrir. Vous avez aussi celui de mercredi ?

Morrissey lui lança un regard satisfait.

— Ah, simplement pour nos fichiers, monsieur, pourriez-vous nous donner votre nom complet ? demanda alors Barrett.

— Appleby, répondit celui-ci. Brian Robert Appleby.

5

— Je pense qu'on aurait dû être un peu plus durs avec lui, dit Barrett alors qu'ils quittaient les bureaux de la biscuiterie.

— Il ne va pas disparaître, répondit doucement Morrissey. Par ailleurs, dans une ville de la taille de Malminster, combien d'hommes lisent le *Sun* à votre avis ? Et puis il doit y en avoir une tripotée qui s'appellent Robert. C'est un prénom très courant.

— Mais celui-ci connaissait la fille, rétorqua Barrett. Il la connaissait et a eu l'occasion de la tuer.

Morrissey soupira. Si Barrett pouvait apprendre à ne pas toujours chasser le premier lièvre…

— Voyons s'il connaissait aussi les deux victimes précédentes et s'il avait eu des occasions de les tuer, suggéra-t-il. Cela nous évitera des excuses publiques. Bien, dit-il, alors qu'ils remontaient en voiture, déposez-moi au poste pendant que vous vous occupez de savoir qui a visité la maison d'Appleby. Je ne suis pas encore monté voir le patron. Il doit être sur des charbons ardents.

L'idée que Morrissey, lui aussi, se faisait sermonner par une autorité supérieure réconforta Barrett. Il tourna dans Middlebrook Road. De chaque côté de la rue, les boutiques défilaient. Barrett jeta rapidement un regard au-dessus d'une laverie, vers un duplex vide dont les fenêtres étaient d'une nudité accusatrice. Morrissey espéra que seule sa conscience l'avait poussé à regarder : l'intérêt qu'avait manifesté Barrett pour la femme de David Pace, assistant de la PJ, avait été la raison principale de la demande de mutation de ce dernier. L'on disait avec amertume que ce que Malminster avait perdu, la ville de Lincoln l'avait gagné, car Pace ferait un bon inspecteur.

Barrett déposa Morrissey devant l'entrée principale du poste. Il passa les portes battantes et prit l'escalier quatre à quatre, ce que ses grandes jambes lui permettaient sans effort particulier. Il pensait à Appleby, et au fait que le climat se trouverait amélioré s'il pouvait dire à Osgodby qu'ils avaient une piste, si infime soit-elle. C'est d'ailleurs ce qui lui fit remettre à plus tard la visite à son chef.

Il regagna son bureau. Un terminal informatique des plus prometteurs y trônait depuis peu. Le fils de Morrissey, Mike, avait d'ailleurs été très impressionné que son père soit jugé encore assez jeune pour être initié aux complexités de l'informatique. Il est vrai que Mike, en bon adolescent qu'il était, considérait toute personne au-dessus de 25 ans comme ayant déjà un pied dans la tombe.

Morrissey ouvrit le dossier de Susan Howarth, la première des jeunes filles récemment assassinées, vendeuse dans un débit de tabac. Aux noms de Appleby, Rob, Robert et Robin, l'ordinateur lui donnait toujours la même réponse : *Désolé, aucune information*. Il tenta « Crowther's Biscuits ». Toujours rien. Bon sang, ça n'allait pas plus vite comme ça qu'en lisant directement les dossiers. De mauvaise humeur, il recommença les mêmes manœuvres avec le second dossier. C'était une certaine forme d'immortalité, se prit-il à penser, que d'être logé de cette façon à l'intérieur d'un ordinateur. En l'occurrence, pour ces personnes, ce n'était pas vraiment une consolation. L'immortalité avait toujours des inconvénients.

La seconde victime, Diane Anderson, était une jeune secrétaire de 22 ans, qui travaillait pour l'agence Redfearn. Parmi les clients de cette agence, Morrissey trouva Crowther's Biscuits. L'année précédente, Diane Anderson avait travaillé comme intérimaire chez eux. Un fil des plus ténus… Ténu, mais peut-être suffisant.

C'est en tout cas ce que sembla penser Osgodby, qui se jeta dessus.

— Ne croyez pas que je vais vous demander s'il y a quelque chose d'intéressant là-dessous, dit-il à Morrissey, car je ne vous le demanderai pas. Je ne veux pas risquer une réponse négative. Ce sera déjà bien, quand le grand chef me tombera dessus, si je peux dire que nous avons une piste importante. Vous avez amené Appleby, alors ?

— Pas encore, répondit prudemment Morrissey.

— Je pensais bien que vous me diriez cela, rétorqua Osgodby. Je dois être en train de développer un sixième sens, comme celui qui a fait votre réputation. Bien, tenez-moi au courant s'il y a du nouveau.

Lorsque Morrissey redescendit, Barrett était assis à son bureau, l'air maussade.

— Ça a été vite, lui lança Morrissey avec dédain.

— On en est au point où tout est sur ordinateur, rétorqua Barrett, l'air encore plus maussade. On appuie sur un bouton, et tout s'imprime. C'est magique. Les machines sont carrément en train de nous remplacer.

— En fait, ce que vous voulez dire, fit Morrissey d'un air entendu, c'est que vous n'avez pas eu le temps d'évaluer leurs capacités.

Barrett déposa sans ménagement une liste de noms et d'adresses sur le bureau de Morrissey, qui les reçut avec un large sourire.

— Gail Latimer a visité seule la maison, dit-il. Ça gâche un peu tout ; je veux dire, si elle savait déjà que c'était la maison d'Appleby, pourquoi se donner la peine de demander une autorisation pour la visiter ?

— Elle vivait dangereusement ? suggéra Morrissey ; ou peut-être faisait-elle un peu pression… Vous remarquerez qu'elle est venue visiter lorsque Mrs Appleby était absente.

— Alors vous pensez que c'est lui ?

Morrissey tiqua un peu devant la surprise pour ainsi dire puérile de Barrett.

— Non, dit-il, ce n'est pas du tout ce que je voulais dire. Je vous montre juste combien il est facile d'avoir de lourdes présomptions sans l'ombre d'une preuve. (Barrett resta sans expression, jusqu'à ce que Morrissey lui concède de poursuivre :) Mais il y a effectivement un lien entre Crowther's et Diane Anderson. Elle a fait de l'intérim pour eux. Voyez ce que vous pouvez trouver là-dessus auprès de Redfearn ; ensuite, nous irons reparler à Appleby. S'il se démonte et qu'il est coupable, ça se verra.

Barrett prit sa veste et ressortit, tandis que Morrissey essayait d'appeler chez lui. La sonnerie monotone lui fit un effet désagréable. Finalement, il renonça.

Un agent lui apporta deux fax, qui ne se révélèrent d'aucune aide. Le premier émanait de

Scotland Yard, qui n'avait rien appris d'intéressant dans les bureaux du *Sun* à Wapping ; le second, de la police de Manchester, indiquait que l'agence qui avait pris en main la carrière de mannequin de Gail Latimer, était à la fois honorable et blanche comme neige. Gail Latimer n'était qu'un nom sur leurs listes. C'était quelqu'un sur qui l'on pouvait compter, qui aurait pu réussir si on lui en avait donné le temps. Mais ce temps, Gail Latimer en avait été arbitrairement privée.

L'image qui prenait forme dans l'esprit de Morrissey ne collait pas avec celle d'Appleby. Appleby était marié, il avait des enfants, il avait réussi sa vie — ça ne collait pas du tout. Il eut une longue conversation au téléphone avec le psychiatre de la police, au terme de laquelle il se retrouva avec davantage de questions que de réponses. Et une hypothèse : son coupable était peut-être impuissant. Mais comment bon Dieu était-il censé savoir si Appleby était toujours vaillant au lit !

Il était près d'une heure lorsque Barrett revint. Morrissey avait déjà déjeuné d'un pâté en croûte insipide qui lui restait sur l'estomac. Il le mit en garde contre cette calamité et lui enjoignit, quoi qu'il mange, de le manger vite, car il voulait retourner chez Crowther's.

— Vous voulez mon carnet, en attendant ? demanda Barrett en cherchant dans sa poche.

— Gardons cela pour après votre déjeuner, répondit Morrissey. Je suis incapable de déchiffrer vos pattes de mouche.

Il essaya une nouvelle fois d'appeler chez lui, mais n'obtint toujours aucune réponse. Bizarre, pensa-t-il, comme le silence pouvait à la fois être un réconfort et une punition.

Puis le frère de Gail Latimer arriva. Morrissey le fit monter dans son bureau. C'était un homme maladivement pâle, avec des pupilles très brillantes, et de maigres cheveux blonds qui commençaient à se faire rares sur les tempes et sur le haut du crâne. Il s'assit en face de Morrissey et se prit la tête entre les mains. L'inspecteur en chef remarqua que la calvitie avait gagné l'arrière de sa tête.

Susan Reed avait dit que Gail Latimer et son frère n'étaient pas très proches. L'homme qui se tenait devant lui avait pourtant l'air brisé et n'avait pas dû dormir beaucoup ces derniers temps.

— Je n'ai pas pu venir plus tôt, dit-il. À cause du travail. Il a fallu que j'attende quelqu'un pour me remplacer.

— Qu'est-ce que vous faites ?

— Ajusteur gazier. Je suis censé être en dépannage d'urgence. Ça peut paraître moche de ne pas être venu tout de suite, mais je ne pouvais pas.

— Ça n'aurait rien changé, malheureusement. Je suis désolé pour votre sœur. Depuis quand ne l'aviez-vous pas vue ?

— Deux mois. Vous êtes sûr que c'est Gail ?

Un mince espoir était encore perceptible dans sa voix, mais Morrissey se devait de l'anéantir.

— Sûr, répondit-il. Sa colocataire l'a déjà identifiée. Maintenant que vous êtes là, je vais devoir vous demander la même chose, en tant que parent le plus proche.

— C'est trop bête ! explosa Latimer d'un seul coup. Tout commençait justement à aller bien pour elle, et voilà. C'est trop bête.

Il avait l'air abasourdi.

— Tout commençait à aller bien ? En tant que mannequin, vous voulez dire ?

— Pour tout. Nous étions juste en train de refaire connaissance. Je pensais, nous pensions tous les deux, que nous avions tout le temps.

— Mais c'était votre sœur, objecta Morrissey. Pourquoi aviez-vous besoin de refaire connaissance ?

— Nous n'avons pas eu les mêmes parents adoptifs. Je pensais que vous le saviez. Nous nous sommes retrouvés il y a seulement deux ans. Vous seriez surpris d'apprendre à quel point les services sociaux peuvent se montrer réticents là-dessus.

— Non, je ne pense pas que j'en serais surpris, répondit Morrissey, qui avait eu l'occasion d'en apprendre sur le sujet. Et sa famille adoptive, alors ? Où vit-elle ?

— À Malminster. Pourquoi Gail aurait-elle vécu ici, autrement ?

Pourquoi, en effet ? Et surtout, si Gail et Susan Reed étaient réellement aussi proches, pourquoi cette dernière ignorait-elle tout des parents adoptifs de Gail ? Ou bien avait-elle simplement choisi de n'en rien dire ?

— Est-ce que Gail voyait beaucoup ses parents adoptifs ?

— Pas si elle pouvait l'éviter, répondit Latimer. Elle était partie de chez eux à 16 ans, avec l'intention de ne jamais revenir. Je ne sais pas ce qu'il y avait au juste ; Gail ne me l'avait pas dit explicitement. Elle disait avoir été enfermée dans un placard quand elle n'était pas sage. Elle était déjà partie de chez eux quand je l'ai retrouvée, sinon je leur aurais réglé leur compte.

— Comment l'avez-vous retrouvée ?

— Je suis devenu copain avec un gars de chez vous, dit Latimer avec une petite grimace. Un type sympa. Il s'est plus démené que moi pour la retrouver. J'aurais dû la faire venir à Manchester tout de suite, l'installer chez nous. Il ne lui serait rien arrivé.

— Mais vous ne pouviez pas savoir, lui dit Morrissey. Si vous aviez pu, vous auriez empêché ce qui s'est passé. Vous n'avez rien à vous reprocher.

— Vous croyez ? répliqua Latimer avec amertume. Quel bon frère j'ai été pour elle, vraiment !

C'était toujours la même histoire avec la mort. De la culpabilité à outrance pour tout ce qu'on n'avait pas fait.

— Ces gens chez qui elle était placée, pouvez-vous me donner leur adresse ?

— Je vous l'ai notée, au cas où, dit-il en sortant un papier de sa poche. Je suis allé voir leur maison, une fois, sans que Gail le sache. Ça avait l'air correct, de l'extérieur. Mais eux, je ne les ai pas vus.

Morrissey reconnut l'adresse. La maison se

trouvait dans un de ces lotissements privés construits pendant le boom du logement, quinze ans auparavant. Des logements à loyers modérés, occupés par des ouvriers.

Morrissey posa le papier sur son bureau.

— Il faudra que j'aille les voir, dit-il, même s'il ne s'agit que d'une formalité.

— Jetez-y un bon coup d'œil quand vous y serez, dit Latimer. Je sais que Gail avait encore beaucoup à me dire là-dessus. (Il s'agrippa à sa chaise pour se redresser et ses phalanges blanchirent.) Je crois que j'aimerais bien la voir, maintenant, et en finir avec tout ça.

— Une dernière question : vous avait-elle déjà parlé d'un certain Rob ?

— Rob ? Non, je ne crois pas. Pourquoi, c'est important ?

— Probablement pas. (Il se leva.) Je vais vous trouver quelqu'un pour vous accompagner à la morgue.

Il sortit, laissant Latimer le regard rivé au mur.

Dans un bureau voisin, l'agent Smythe tapait à la machine avec deux doigts. Il eut l'air content de devoir abandonner sa tâche pour escorter Latimer.

— Quand ce sera fini, lui dit Morrissey, ramenez-le ici et occupez-vous de lui à la cantine. Il a l'air d'avoir besoin de manger un morceau. Je veux le revoir avant qu'il ne parte.

En bas, dans la salle informatique, l'agent Janet Yarby travaillait sur l'ordinateur principal. Morrissey lui tendit l'adresse des parents adoptifs de Gail Latimer et l'observa un moment tandis qu'elle entrait les informations. Il se demanda si la passion secrète de Barrett pour cette femme était toujours aussi vive. Il y avait eu un temps où on ne se refusait pas facilement à Barrett, mais l'agent Janet Yarby avait toujours su lui dire non de façon très persuasive.

L'imprimante crépita, et miss Yarby tendit le résultat à Morrissey.

— Rien récemment, lui dit-elle, et rien à Malminster, mais il y a une vieille histoire d'attentat à la pudeur, dans la région de Leeds, en 1972.

Morrissey remonta dans son bureau avec la feuille. Qu'avait donc voulu fuir Gail si ardemment ? Il trouva tout à coup que le travail de la police ressemblait parfois à celui des égoutiers…

Barrett l'attendait.

— Est-ce qu'on va… ?

— Oui, on y va, glapit Morrissey dans un soudain accès de rage impuissante. Qu'avez-vous appris chez Redfearn ?

Barrett se demanda ce qu'il avait encore pu faire de travers.

— Rien, répondit-il d'un air innocent, à part que Diane Anderson avait demandé à changer de travail. Harcèlement sexuel, ajouta-t-il, face à la mine renfrognée de son chef, en dissimulant sa satisfaction ; mais elle a refusé de donner le nom du coupable. Enfin, c'est ce qui est dit dans son dossier.

— Ah oui ? dit Morrissey en se radoucissant. Vraiment ?

6

Appleby n'était pas là. Sa secrétaire informa Barrett et Morrissey qu'il était en séminaire avec les représentants de sa société et qu'il ne serait pas de retour avant le lendemain.

Morrissey l'examina du coin de l'œil. Elle se donnait des airs d'efficacité et de zèle mais elle était bien trop jeune pour leurrer son monde. Il la soupçonnait d'ailleurs de s'être coiffée en arrière dans ce but : si elle avait laissé libres ses boucles brunes, elle aurait eu l'air d'une écolière.

— Est-ce qu'il est dans l'usage que ce soit lui qui se déplace pour les rencontrer ? Et non le contraire ? miss euh…

— Karen Breen, répondit-elle en souriant. Comment ça ? Ça lui permet de se bouger un peu les fesses. J'aimerais bien pouvoir l'accompagner, de temps en temps.

— Et hier, avec toute cette pluie ? Je suppose qu'il est resté au sec ?

— On ne prend pas la pluie quand on a une voiture, rétorqua la secrétaire ; mais oui, il est resté ici toute la journée.

— Il n'est pas sorti du tout ?

— Seulement pour aller déjeuner.

— Et quelle heure était-il ?

— Je ne sais pas. Je suis partie tôt, vers midi et demi, et il n'était pas là quand je suis rentrée, Dieu merci ; parce que j'étais en retard, ajouta-t-elle sur le ton de la confidence.

— Et Mr Appleby est revenu à… ?

— Deux heures et demi. Avec Ken Fields, de la comptabilité ; ils se sont enfermés dans son bureau jusqu'à 15 heures passées.

— Je suppose qu'il tient un registre de ses allées et venues, enchaîna Barrett.

— Pas toujours ; en tout cas, pas à la minute près.

— Donc vous ne sauriez pas nous dire où il était tel ou tel jour, disons, il y a cinq semaines ?

Morrissey observa Barrett qui, ce disant, arborait son sourire le plus désarmant — celui dont Janet Yarby disait que Casanova lui-même aurait envié. Il espéra que sa motivation était strictement professionnelle, cette fois-ci.

La secrétaire d'Appleby reçut cette offensive de charme sans mot dire.

— Ça dépend, répondit-elle. Suivez-moi.

Elle les conduisit dans le bureau d'Appleby. La fenêtre était fermée et l'odeur de cigarette plus forte encore. Au mur, derrière le bureau, était accroché un planning annuel. La secrétaire l'examina un moment.

— Il y a tout juste cinq semaines, dit-elle, Mr Appleby était ici. Regardez, il écrit toujours « présent » dans ces cas-là.

Morrissey observa Barrett, qui fit remonter son doigt jusqu'au 15 mars.

— Et ce « D », là, qu'est-ce que ça veut dire ?

— Durham. Il avait une conférence sur les ventes ; c'est-à-dire qu'il était absent toute la journée.

Le regard de Morrissey tomba sur le 5 février.

— Et un trait, qu'est-ce que ça signifie ? demanda-t-il.

— Qu'il a pris un jour de congé.

— C'est un bon patron ? demanda Barrett, sur le ton de la confidence. Ça fait longtemps que vous travaillez pour lui ?

— Trois ans. Et il est bien, oui.

— Vous avez dû connaître Diane Anderson, alors, dit Morrissey. Elle a travaillé chez vous comme intérimaire, il y a un an et demi environ. Est-ce qu'elle travaillait pour Mr Appleby ?

Karen Breen secoua la tête.

— Non, répondit-elle assez vite. Elle tapait seulement les factures, c'est tout. (Elle croisa ses bras sur sa poitrine, les mains sur ses épaules.) Ça fiche drôlement les jetons… Heureusement que j'habite avec mon petit ami. Je n'aimerais pas sortir seule.

Beaucoup de femmes le faisaient, pourtant ; par obligation, mais aussi par choix. Comme Katie. Comme Margaret, au fait. Morrissey verrouilla son esprit devant l'inconcevable.

— Vous lui parliez beaucoup ? reprit-il à l'adresse de Karen Breen.

— Pas vraiment. « Bonjour bonsoir », ce genre de choses, à la cantine. Mais vous m'avez déjà demandé tout cela quand… quand elle est morte. Enfin, pas vous, mais quelqu'un d'autre.

— Je sais, répondit Morrissey. Mais parfois, on oublie des choses, de petites choses qui pourraient être utiles. Ça ne coûte rien de redemander. Par exemple, pourquoi est-elle partie ? Vous a-t-on déjà demandé cela ?

— Ça, je ne me rappelle pas. Je suppose que nous n'avions plus besoin d'une intérimaire.

— Connaissez-vous quelqu'un qui s'appelle Rob ? demanda Barrett, l'air désinvolte.

Karen Breen se mit à rire, un peu nerveusement, mais apparemment contente de changer de sujet.

— Qui n'en connaît pas ? dit-elle. Il y a Robby Clamp, à l'emballage, Robert Hall, à la comptabilité, et puis il y a mon Rob.

— Votre Rob ? répéta Morrissey.

— Mon petit ami. Rob Wells.

— Et que fait-il dans la vie ? demanda Barrett avidement, tout sourire oublié. Il travaille ici ?

Elle fit non de la tête et son sourire s'élargit, comme s'il s'agissait d'une plaisanterie.

— Policier. Comme vous.

— Incroyable, non, le nombre de Robert qu'on peut rencontrer, fit complaisamment remarquer Morrissey, une fois remonté en voiture.

Barrett fixa la route. Le chef aimait bien retourner le couteau dans la plaie. Mais quelle importance : ils venaient juste d'établir qu'Appleby n'était pas dans ses bureaux les jours où les trois filles avaient été tuées. Bien entendu, Morrissey dirait sans doute que cela aussi, c'était accessoire, mais pour Barrett, c'était cette piste qu'ils devaient suivre. Au lieu de cela, ils allaient farfouiller chez tous les Rob, Robert et Robin du personnel, et pas seulement chez Crowther's, mais partout où les victimes avaient travaillé.

— Ça va être une dure journée pour vous demain, reprit Morrissey. Je vais m'arranger pour que Smythe et Copeland viennent vous donner un coup de main.

Avec une politesse un peu pincée, Barrett demanda :

— Et Appleby, chef ?

— Je m'en occupe, répondit Morrissey. Ne vous en faites pas pour ça.

Mais il s'en occuperait délicatement, en douceur, de façon à ne pas donner l'alerte. Ce serait bien plus efficace que de lui tomber dessus à bras raccourcis.

— Je ne comprends toujours pas, reprit Barrett, comment personne n'a trouvé jusqu'à maintenant que Diane Anderson avait demandé à changer de travail. On avait pourtant interrogé tout le monde, chez Crowther's comme chez Redfearn.

— Oui, mais sans poser la bonne question, dit Morrissey. Et vous feriez bien de faire en sorte que cette *bonne question* soit posée en priorité lorsque vous reviendrez demain.

Ce ne serait pas sa seule priorité, pensa Barrett. Il avait une autre question à poser. Une question à propos d'Appleby.

7

Smythe et Latimer étaient toujours à la cantine du poste, et ce dernier semblait encore plus pâle. Devant lui était posée une assiette à laquelle il n'avait pas touché.

Morrissey vint s'asseoir à côté d'eux.

— Café, chef ? demanda poliment Smythe.

Morrissey fit la grimace.

— Thé, répondit-il. Mais pas du décapant, hein ?

Smythe lui sourit de toutes ses dents. Tout en se dirigeant vers le comptoir, il se fit la remarque que les problèmes d'estomac étaient sans doute indissociables de ce genre de métier.

— Comment êtes-vous venu ? demanda Morrissey à Latimer.

— En train, répondit celui-ci. J'ai laissé ma camionnette devant la gare. Je ne me sentais pas le courage de prendre la route.

— Ça vaut mieux, en effet ; c'est pas facile de se concentrer au volant quand ça ne va pas. Et puis, il y aura d'autres choses encore, après l'enquête.

Latimer comprit.

— Je m'occuperai de l'enterrement, dit-il. Je ne veux pas qu'on la laisse ici. Je la ramènerai chez nous.

Son regard était hanté par le regret de n'avoir pas fait certaines choses.

— Comme vous voudrez, répondit Morrissey. Vous aurez une indemnisation, par la suite ; pas beaucoup, mais cela vous aidera.

Comme tout cela sonnait maladroitement… Vraiment, il détestait d'avoir à en passer par là.

— De l'argent ? dit Latimer, alors que son visage s'empourprait. Bon Dieu, mais qu'est-ce que l'argent vient faire là-dedans ?

— Rien, convint Morrissey. Cela fait simplement partie des choses que je suis censé vous dire. Autre chose : vous êtes au courant de la page 3 du *Sun* ? Gail vous en avait parlé ?

Latimer hocha la tête.

— Est-ce que c'est pour ça que ce salaud…

— Non, nous n'avons rien qui puisse le laisser supposer. Mais si la presse, disons une certaine partie de la presse apprend que vous êtes son frère, ils seront immédiatement à votre porte. De notre côté, nous ne divulguerons pas l'information ; soyez donc prudent, n'en parlez pas à n'importe qui à Manchester, et prévenez votre femme.

— Quand vous l'aurez trouvé… commença Latimer, une lueur intense dans le regard.

— Je vous le ferai savoir, bien entendu ; vous ne l'apprendrez pas par la presse.

Smythe revint avec un thé noir comme de l'ébène. Morrissey le remercia d'un air las, en prit une gorgée qui avait le goût de tanin pur, et repoussa sa tasse aussitôt.

Lorraine n'entendit parler du meurtre que lorsqu'elle retourna travailler, et s'aperçut que tout le monde autour d'elle en parlait.

— Je ne comprends vraiment pas comment tu as pu passer à côté de ça, lui dit sa collègue Joni

Thompson, d'un air entendu. Ce doit être l'amour. Ce sera vraiment une bonne chose quand ce mariage sera passé, que ton cerveau recommence à fonctionner normalement.

Lorraine ne releva pas. Elle avait dormi chez Malcolm, était partie sans prendre de petit-déjeuner pour attraper son bus, et son estomac commençait à gargouiller.

— Mon Dieu, mais je crois que c'est ça que j'ai entendu ! Ce devait être elle, la pauvre fille, qui criait quand Malcolm et moi on attendait le bus dans Mortimer Road. Mal disait que c'était quelqu'un qui s'amusait. Mon Dieu… Et j'ai son parapluie ! Oh, mon Dieu !

Elle s'effondra sur une chaise, en face de sa machine à coudre, et se mit à trembler de froid.

— Eh bien, moi, je ne le crierais pas sur les toits si j'étais toi, dit Joni ; vu que ton petit Malcolm a une réputation de chaud lapin, et que ça fait quand même trois filles assassinées maintenant, n'importe quel bouc émissaire serait bon à prendre.

— Ils ne feraient pas ça ! dit Lorraine.

— Tu peux toujours prendre le risque ; il y a des jours de visite, lâcha Joni avant d'aller s'asseoir à sa machine.

Lorraine essaya de passer son fil, et s'acharna sur le chas de l'aiguille. Le parapluie était chez Malcolm. Il y aurait ses empreintes partout dessus…

Après une journée passée à s'inquiéter, elle quitta son travail en courant, prit le bus et alla attendre Malcolm chez lui.

Il était presque 18 heures. Barrett avait pratiquement fini de préparer les prochains interrogatoires. Sur le point de partir, Morrissey était tenaillé par l'envie d'aller rencontrer Appleby « sur ses terres », de façon à déceler d'éventuels indices, des signes de tension, quelque chose qui laisserait à penser que tout n'allait pas forcément bien entre lui et sa femme. Le psychiatre de la police avait d'ailleurs évoqué ce point. Il n'avait pas rejeté l'idée qu'Appleby puisse être l'agresseur, et avait soulevé des questions qui méritaient d'être posées.

La ligne intérieure sonna, mettant provisoirement un terme à cette velléité. L'agent préposé à l'accueil annonça que deux jeunes gens, Malcolm Livesey et Lorraine Shaw, désiraient parler à Morrissey. Ils affirmaient posséder des informations sur l'affaire Latimer, s'étant trouvés près du terrain communal au moment du meurtre. Morrissey le pria de les faire monter.

— Du nouveau ? demanda Barrett par-dessus ses piles d'imprimés.

— Oui, et qui promet, répondit Morrissey.

Il se redressa dans son fauteuil, ignorant les grincements alarmants de ses ressorts.

Ce fut Lorraine Shaw qui entra la première, l'air terrifié. Malcolm Livesey lui tenait fermement la main ; de l'autre, il portait un sac en plastique, enroulé autour d'un objet. Morrissey se demanda ce qu'il pouvait contenir.

— Je ne vais pas vous manger, leur dit-il d'un ton qui se voulait rassurant. Asseyez-vous et racontez-moi ce qui se passe.

Ils s'approchèrent et s'assirent. Lorraine Shaw portait de longues boucles d'oreilles rouges qui se balançaient. Toujours protecteur, le jeune homme rapprocha sa chaise de la sienne. L'œil rond, elle commença :

— On était là-bas. Malcolm pensait… Je pensais…

— Que quelqu'un s'amusait, dit Malcolm. C'est ce qu'on aurait dit. Je voulais aller jeter un coup d'œil… continua-t-il, sur la défensive.

— C'est moi qui l'en ai empêché, coupa Lorraine. Je pensais que ça pouvait être dangereux.

— Pas si c'était seulement quelqu'un qui s'amusait, objecta Morrissey avec bon sens. Quelle heure était-il ?

— Deux heures, à peu près.

— Deux heures moins le quart, corrigea Malcolm. Le bus est passé juste avant qu'il ne commence à pleuvoir. C'était celui de 13 h 35. Je ne pensais pas que la pluie allait durer si longtemps, sinon on l'aurait pris.

— Si seulement on l'avait pris, dit Lorraine.

— Qu'avez-vous entendu ou vu exactement ? demanda Morrissey.

— Entendu, précisa Lorraine. On avait tous les deux pris notre après-midi, vous comprenez, pour faire les boutiques. Nous allons nous marier, et Mal m'emmenait choisir une alliance. Et puis quand il a commencé à pleuvoir, on s'est abrités sous l'arrêt de bus et j'étais en train de parler à Mal des robes des demoiselles d'honneur et…

Morrissey commençait à plisser les yeux.

— C'était un cri, reprit vivement Malcolm. (Il saisit la main de Lorraine.) On ne voyait rien, et j'ai dit que quelqu'un devait s'amuser. Je veux dire, on ne s'attend pas à… Enfin, pas en plein jour. Et puis après, il y a eu le parapluie. (Il déposa le sac en plastique sur le bureau de Morrissey.) Il était ouvert. Il avait dévalé la pente tout seul. On a attendu un peu, pour voir si quelqu'un lui courait après.

— Mais vous n'avez vu personne ?

— Non.

— Et ensuite, que s'est-il passé ? (Les deux jeunes gens se regardèrent.) Cela peut nous être très utile, insista-t-il.

— Je suis allé chercher le parapluie, dit Malcolm.

— On voulait le rendre, enchaîna Lorraine. On ne voulait pas le garder ; simplement, comme personne ne venait, on s'est dit que c'était dommage. On s'est abrités dessous pour rentrer en vitesse. Pour marcher jusqu'à l'arrêt suivant, en ville.

— On a pris le bus de deux heures et quart, dans la grand-rue, dit Malcolm. Au moment de récupérer le parapluie, je voulais monter jeter un œil en haut sur la butte, mais…

— Je l'en ai empêché, répéta Lorraine, sur un ton un peu plus aigu. Sinon, il y serait allé…. Si seulement… Je voudrais…

Elle s'interrompit, ne sachant pas exactement ce qu'elle voulait. Peut-être savoir si cela aurait changé quelque chose… Mais elle était visiblement effrayée à l'idée que Morrissey puisse le lui confirmer.

— Vous l'avez tous les deux touché ? demanda Morrissey en déroulant le sac en plastique, mais sans toucher lui-même au parapluie.

— Oui.

— Quelqu'un d'autre ?

— Non.

— Vous ne voyez pas d'inconvénient à nous laisser vos empreintes ? Nous en aurons besoin pour les comparer avec ce qu'on aura éventuellement pu trouver là-dessus. Elles seront détruites ensuite.

— Maintenant ? demanda Malcolm.

— Avant de partir, oui. Quel chemin avez-vous pris pour arriver au terrain communal ?

— Pearce's Cottages et Manorfield Lane. Les parents de Lorraine habitent par là. Ensuite, on est montés jusqu'en haut du terrain et on est redescendus dans Mortimer Road. Le bus est passé, et puis deux ou trois voitures.

— Vous n'avez vu personne se garer ?

— Je ne crois pas, non.

— Il y avait une voiture de police, dit Lorraine, dans Manorfield Lane, avant le tournant dans Mortimer Road. On aurait dit que le type écrivait.

— Il était seul ?

Lorraine acquiesça.

— Enfin, à part ça, personne, dit Malcolm.

— Si, dit Lorraine. À Rington's Tea.

— Quoi ?

— Près des maisons du lotissement.

— Ah oui, j'avais oublié ; je voulais dire, personne à pied.

— Non, convint Lorraine, à pied, personne.

— Et personne n'est descendu du bus ? demanda Morrissey.

— Non. Beaucoup sont montés, par contre.

Gail Latimer allait prendre le bus, pensa Morrissey ; mais pas celui-là.

— Et à quelle heure était le suivant ? demanda Morrissey.

— Deux heures moins 5.

— Pourquoi ne l'avez-vous pas pris au lieu de descendre jusqu'à la grand-rue ?

Lorraine regarda Morrissey d'un air compatissant.

— Parce que de là, c'est 20 pence de plus, répondit-elle. On ne gaspille pas d'argent dans le bus quand on peut marcher.

8

Pour la première fille, ça avait été une erreur. Mais lorsqu'il s'en était aperçu, c'était déjà trop tard : elle avait vu son visage et aurait pu le dénoncer. Décidément, les femmes gâchaient toujours tout… La garce ! Lorsqu'il s'était mis à califourchon sur elle et qu'il avait serré le lien autour de son cou, il avait eu une érection.

De retour chez lui, il avait vomi. Quelque chose de rance, d'infect. Et puis tout de suite après, il avait ressenti une sorte d'exultation. Jamais il n'avait eu à ce point conscience de sa propre existence. L'impression d'être un dieu, avec entre les mains pouvoir de vie et de mort.

Le lendemain, il avait éprouvé la même émotion en observant tous ces policiers à quatre pattes sur le sol. Parce qu'il savait qu'il ne serait jamais inquiété, parce qu'il n'y avait aucun lien entre la victime et lui… En tout cas, rien que l'on pût prouver…

Il se mit à rire tout haut, oubliant où il se trouvait. En face de lui, une fillette, la bouche tout orangée de la glace qu'elle suçait, le regardait, les yeux ronds. Il se força à lui faire un clin d'œil et un sourire. Elle détala comme un lapin, avec sa jupette qui tressautait sur sa culotte blanche. Il resta un moment sur cette image, même après que la fillette eut disparu. Enfin il s'en lassa, et se souvint du second meurtre.

Cette fois-là, ça avait été différent. Diane n'était pas du tout ce genre de garce stupide…

Il lui avait montré son visage, s'était tenu devant elle dans l'intention d'être reconnu. Il l'avait bien regardée tandis qu'elle se demandait ce qu'il lui voulait. Il savait qu'elle avait alors craint le viol. L'érection qu'il avait eue au moment de serrer la ficelle autour de son cou s'était achevée violemment, et il était resté accroupi sur elle quelques instants, jusqu'à ce qu'il se sente confiant et tranquille. Il se demandait encore si elle avait compris pourquoi elle mourait. Il avait été déçu de ne lire que de la surprise dans l'expression de Diane, et non de la peur. Et cela le tourmentait. Comme si elle ne l'avait pas cru capable de ça.

Le lendemain, aux informations télévisées, on avait vu des policiers en train de ratisser le sol, comme des mouches sur un étal de boucher, grattant la terre, ramassant des détritus pour les fourrer dans des sacs en plastique.

Pas un indice !

En face de lui, dans la rue, la fillette à la culotte blanche était revenue. Elle le regardait toujours, les yeux écarquillés, comme la gamine de Price qu'il avait suivie un dimanche, sur le chemin de halage. Elle aussi avait une culotte blanche. Il avait 12 ans à l'époque, deux fois son âge, et il faisait deux fois sa taille. Il avait passé sa main sous sa jupe. Elle avait lancé des ruades, gigoté, menacé de tout raconter. Foutaises ; comme Diane. Il l'avait poussée en arrière, pour la faire taire, et sa bouche avait pris la forme d'un grand « O » quand elle était tombée dans le canal. L'espace d'une minute, il avait eu peur qu'elle arrive à nager, mais non, elle s'était noyée, comme les chatons que sa mère lui faisait jeter dans la citerne, quand il était petit.

Tuer était facile ; il pouvait le faire quand il voulait, sans être pris. Il avait recommencé pendant la tempête, sur le terrain communal, quand il avait aperçu la fille seule. Elle se sauvait à toute allure comme un scarabée, avec son ciré noir et luisant. Celle-là, ça avait été un petit supplément. Il revit le parapluie tourbillonnant, et s'étira nonchalamment, les mains derrière la tête.

Quand il aperçut la voiture bleu foncé tourner en contrebas du terrain communal, et qu'il reconnut Morrissey au volant, il sourit et s'éloigna.

9

Lorsqu'il tourna dans Mortimer Road, Morrissey aperçut Appleby dans son jardin. Sans doute lui aussi l'avait-il reconnu. Il s'arrêta devant la maison, avec son panneau « À vendre », et descendit de voiture.

— Bonjour, inspecteur, dit Appleby, légèrement hésitant. Vous vouliez me voir ?

— Si cela ne vous ennuie pas, oui.

Même si ça l'ennuyait, d'ailleurs, mais ce genre de remarque n'était pas nécessaire. Pas encore.

La femme d'Appleby avait dû observer la scène de sa fenêtre car elle ouvrit la porte avant qu'ils n'atteignent le porche, les yeux rivés sur Morrissey. Elle semblait assez nerveuse, mais c'était le cas de beaucoup de gens qui avaient affaire à la police. Une femme anxieuse n'impliquait pas forcément un mari coupable.

— Inspecteur, dit-elle à Morrissey, je pensais que vous aviez déjà parlé à Brian…

— Effectivement, Mrs Appleby, répondit Morrissey, mais certains éléments nouveaux se sont présentés et j'espérais que votre mari pourrait nous aider. J'essayerai de ne pas vous déranger trop longtemps.

— Tout va bien, Gwen, lui dit Appleby, on ne va pas m'arrêter !

Il passa un bras autour des épaules de sa femme, d'un geste naturel, décontracté, du moins en apparence. Mais Morrissey savait à quoi s'en tenir. En

Angleterre, les membres de la classe moyenne étaient passés maîtres dans l'art de masquer avec élégance tout ce qui avait trait à d'éventuels problèmes conjugaux.

Ils entrèrent dans la maison. Gwen Appleby débarrassa son mari de la boîte de glace qu'il tenait à la main et disparut à la cuisine. Morrissey resta seul avec lui.

— Suivez-moi, lui dit Appleby.

Il l'emmena dans une pièce calme, de style rustique, remplie de photos de leurs deux enfants à divers âges. Des enfants qui grandissaient, s'échappaient. Cette pensée malvenue emplit Morrissey de regret. Katie aussi partirait bientôt. Il se mit à examiner les livres sur les étagères.

— C'est un peu le fatras, dit Appleby dans son dos. Il y en a à moi, à Gwen, aux enfants. Ils sont seulement rangés par auteur.

Morrissey s'étonna de cette remarque. Qu'essayait-on de lui faire comprendre ? Que tous ces titres ne lui donneraient aucune idée du profil psychologique de leur propriétaire ?

— Et les Highsmith, demanda-t-il, ils sont à vous ?

— À tout le monde, répondit Appleby après une hésitation. On aime tous, ici. Vous en avez déjà lu ?

— Quelques-uns, dit Morrissey. Mais il est difficile de « s'entendre » avec un personnage comme Ripley. Préjugés professionnels, sans doute… (Au bout d'un moment, il reprit :) Une jeune fille du nom de Diane Anderson a travaillé un certain temps chez Crowther's, l'été dernier. Une intérimaire de chez Redfearn. Avez-vous eu des contacts avec elle ?

— Il y a eu énormément d'intérimaires, l'année dernière. Trop pour que je me rappelle avec lesquelles j'ai vraiment eu des contacts. Désolé, inspecteur, mais si vous aviez posé la question à ma secrétaire tout à l'heure, elle vous aurait dit que c'est elle qui s'occupe de distribuer le travail supplémentaire.

Appleby lui indiquait là clairement qu'il savait quelles questions avaient été posées à sa secrétaire. Et qu'il devinait par conséquent ce que Morrissey voulait désormais savoir.

— Je ne comprends vraiment pas pourquoi vous êtes ici, inspecteur, poursuivit-il. Surtout quand on sait que tout le personnel de Crowther's doit être de nouveau interrogé demain.

— Le troisième meurtre sur lequel nous enquêtons a eu lieu pratiquement en face de chez vous. Si vous êtes rentré déjeuner ce jour-là, vous avez peut-être remarqué une voiture garée dans le coin.

— Mais je ne suis pas rentré, et ma femme vous a déjà dit qu'elle n'avait rien entendu.

Morrissey s'approcha de la fenêtre, d'où l'on apercevait le terrain communal. On voyait très bien les taillis, tout en haut de la pente broussailleuse, mais au-delà, plus rien.

— Que faisiez-vous hier, entre midi et 14 heures ? demanda-t-il sur le ton de la conversation, tournant des yeux d'agate vers Appleby. J'aurais besoin d'une réponse précise.

Une légère irritation commençait à pointer.

— Je ne pense pas être obligé… commença Appleby.

— Dans le cadre d'une enquête criminelle, tout le monde est obligé. Particulièrement quelqu'un qui s'avère avoir eu des contacts avec deux des victimes. Diane Anderson avait demandé à quitter Crowther's pour cause de harcèlement sexuel. Quant à Gail Latimer, nous savons, qu'elle est venue chez vous, et que vous étiez seul avec elle.

— Grands Dieux ! s'exclama Appleby, vous me prenez pour un monstre ? Je ne connaissais pas Diane Anderson — je ne l'ai jamais rencontrée ; quant à l'autre, c'est une pure coïncidence.

— Dans ce cas, vous n'avez aucune raison de ne pas me dire ce que vous faisiez hier entre midi et 14 heures.

Appleby se laissa tomber dans l'un des fauteuils.

— Asseyez-vous, bon sang, et laissez-moi un peu m'habituer à l'idée d'être suspecté de meurtre.

Morrissey s'assit sur le canapé.

— Votre secrétaire est partie déjeuner à 12 h 30, commença-t-il.

— Oui, je sais. Elle est partie tôt. Je suis parti peu de temps après elle, à 12 h 45 environ. Je suis allé déjeuner au pub — le Crown — et j'ai dû terminer vers 13 h 30. Puis, je suis allé en ville chercher un cadeau pour Gwen — c'est notre anniversaire de mariage, la semaine prochaine.

Morrissey tressaillit. Était-ce donc un bon mari, un mari fidèle, qu'il avait devant lui ?

— Et à quelle heure étiez-vous de retour chez Crowther's ?

— Un peu avant 14 h 30.

— Une longue pause déjeuner.

— Crowther's gagne plus de temps qu'il n'en perd, inspecteur.

— Avez-vous pris un verre, au Crown ?

— Une bière.

— Et se souviendrait-on de vous si j'allais vérifier ?

— J'étais à une table avec Bob Crane, un collègue du Rotary Club.

— Et ensuite, quand vous êtes allé faire des courses à Malminster, avez-vous rencontré quelqu'un ?

— Pas un chat. Voilà, vous y êtes : aucun alibi.

— Le 5 février et le 15 mars, maintenant, lâcha Morrissey de but en blanc.

— Vous voulez que je me souvienne de ce que j'ai fait ces deux jours-là ?

— Si possible.

Karen Breen avait sans aucun doute déjà indiqué à Appleby les dates qui intéressaient la police.

— Le 5 février, Gwen était malade et j'ai pris ma journée pour m'occuper d'elle, mais je ne peux pas vous dire ce que j'ai fait à la minute près. Le 15 mars, je participais à une conférence sur les ventes, à Durham, et je suis rentré tard le soir. Très tard : j'ai crevé, et un écrou du moyeu s'est coincé.

Il y eut un bruit derrière la porte. Appleby se pencha vers Morrissey.

— Ne dites rien devant Gwen, lâcha-t-il rapidement. Elle est facilement dépressive.

Le psychiatre de la police avait dit à Morrissey : « Si vous ne pouvez vous résoudre à poser la grande question, cherchez une épouse déprimée. Des problèmes au premier étage viennent souvent d'ennuis au rez-de-chaussée. »

Gwen Appleby entra avec un plateau.

— J'ai pensé qu'une tasse de café vous ferait plaisir, dit-elle gaîment ; le sourire qu'elle adressa à Morrissey avait cependant quelque chose de mélancolique. J'aurais aimé que vous soyez là pour d'autres motifs, inspecteur, lui dit-elle. Nous avons peu de visites, à présent que les enfants sont partis. Plus de fêtes, plus de musique à fond, plus de murs qui tremblent…

— C'est une grande maison pour deux, remarqua Morrissey.

— Oui. Trop grande et trop vide. C'est pour cela que nous voulons vendre. (Elle fronça les sourcils.) Peut-être qu'on devrait confier le dossier à une autre agence, dit-elle en s'adressant à son mari.

— Laisse-leur un peu de temps. Ce n'est pas facile, en ce moment. Ils font de leur mieux.

— L'ennui, bien sûr, après l'horrible événement d'hier, c'est que cela va dissuader les gens. (Toujours avec le sourire, elle tendit une tasse à Morrissey.) Pourtant, il me semble me souvenir que pour la maison des Black Panthers à Bradford, il y avait foule de demandes.

Morrissey faillit s'étrangler. Mrs Appleby se rendait-elle compte du sens de ses paroles ? Son

65

mari, lui, semblait pétrifié dans son fauteuil. Avec un sourire qui s'estompait, Gwen Appleby regarda successivement les deux hommes.

— Ce que je dis vous surprend, dit-elle, mais c'est la vérité. Je me souviens l'avoir lu dans le journal.

10

Au lieu de rentrer directement chez lui après avoir quitté les Appleby, comme il en avait d'abord eu l'intention, Morrissey retourna à son bureau sous prétexte qu'il y avait encore de la paperasse urgente ; mais la véritable raison était ailleurs, et il le savait parfaitement.

À 21 h 30, il cessa de se mentir et laissa sa voiture le guider jusqu'à chez lui, par Midlebrook Road. Il passa un rond-point et se retrouva dans Forest Drive. L'éclairage public ne fonctionnait plus juste devant la belle maison mitoyenne où Margaret l'attendait. L'obscurité l'irrita ; il alluma ses phares et vit le chat des Peeble sauter de la barrière dans un tourbillon de feuilles mortes et de poussière, puis s'enfuir dans le jardin voisin. Il s'avança sur la voie de garage et se sentit réconforté en apercevant une lueur derrière les rideaux.

Margaret était assise dans son fauteuil préféré. Elle assemblait un pull en mohair qu'elle avait tricoté pour Katie et qui reposait, tout duveteux sur ses genoux, comme un chaton violet vif. En entendant arriver son mari, elle leva les yeux sans rien dire. Il était fatigué, mais elle refusa, pour cette fois, de se laisser attendrir.

— C'est joli, ça, lui dit-il.

Tenant son travail à bout de bras, elle pencha la tête d'un côté, et l'examina d'un œil critique.

— Pas mal, oui. Elle aime le violet.

— Ça t'irait bien.

Margaret lui jeta un coup d'œil, mais ne répondit rien. Ce mohair long et soyeux évoquait une tenue habillée, des sorties. Pas le genre de choses que l'on portait à des réunions de Comité ou pour aller au supermarché. Un sentiment de frustration l'envahit de nouveau. Elle baissa la tête et se remit à coudre.

— Il y a du ragoût au four. Tu n'as plus qu'à te servir. Je vais faire du café, dès que j'en aurai terminé avec mon tricot.

Morrissey posa une main hésitante sur son épaule, mais sentit une résistance. Elle ne leva pas les yeux.

Dans la cuisine, il se brûla avec la cocotte et jura, comme si tout cela avait été délibérément calculé contre lui. Ce ne fut que lorsqu'il commença à manger et que ses douleurs d'estomac s'apaisèrent qu'il parvint à remettre un peu les choses à leur place.

Margaret le rejoignit et se mit à préparer le café.

— J'aimerais bien que Katie ait un petit ami fixe, dit-elle de but en blanc, qui puisse la raccompagner le soir. Enfin, Dieu merci, l'été approche, il fait jour plus tard.

La semaine précédente, Katie avait parlé de prendre des leçons de conduite et d'avoir une voiture, pour aller à la fac. Son père avait dit oui pour les leçons et non pour la voiture. Elle devrait partager la petite Fiat avec sa mère, ce qui voulait dire qu'elle s'en servirait assez rarement, car lorsqu'elle sortait le soir, c'était directement après la fac, sans repasser à la maison.

Katie avait fait valoir cet aspect des choses, mais Morrissey, acerbe, lui avait répondu que son métier était de protéger les banques, pas de les dévaliser.

Depuis, une autre jeune fille était morte, et les mots de Margaret lui rappelaient que sa fille aussi était vulnérable. Il se garda de faire remarquer que l'obscurité n'était pas forcément la chose la plus dangereuse, que Gail Latimer avait été tuée en plein après-midi.

— Je parlerai à Katie, dit-il finalement.

— Quand ? rétorqua Margaret brusquement.

Elle savait bien qu'avec la nouvelle enquête qui commençait, il y avait peu de chances pour que son mari et sa fille aient le temps de se voir pour discuter de tout cela.

Pour la première fois, Morrissey eut l'air de réaliser que la maison était silencieuse.

— Quand elle rentrera, proposa-t-il.

— Pas ce soir, alors, dit sa femme. Il y a une fête à la fac jusqu'à 2 heures du matin et elle dort chez une copine. (Elle posa une grande tasse de

café devant lui et resta là, debout, à siroter le sien.)
Je peux difficilement lui demander de m'appeler
de là-bas, ça la gênerait.

— Les risques… commença Morrissey.

— Je sais, l'interrompit-elle. C'est ce que je me
répète depuis une demi-heure.

Mike était en voyage avec son école, ce qui
signifiait que Margaret avait passé la soirée toute
seule à la maison pendant que lui s'inventait des
raisons pour ne pas rentrer. Un sentiment de culpabilité l'envahit.

— Pour le livre, dit-il un peu gêné, le Dylan
Thomas, je ne t'ai pas encore remerciée…

— Ce n'est qu'un livre, dit-elle en haussant les
épaules. Tes roses aussi étaient bien.

Il se sentit humilié. Ses roses étaient *bien*. Et
elles étaient déjà en train de faner… Sa fille lui
revint brusquement à l'esprit.

— Est-ce qu'elle a déjà choisi une école de
conduite ? Sait-elle ce qu'elle veut ?

— Eh bien, répondit Margaret, elle est un peu
difficile. Elle dit que ça ne sert à rien d'apprendre
à conduire si elle n'a pas de voiture. Elle dit cela de
façon très assurée et j'ai envie de la secouer
comme un poirier.

Margaret se sentait en difficulté à la fois avec sa
fille et son mari. Elle s'assit, mit les coudes sur la
table, les mains en coupe autour de sa tasse.

— « Par nos propres actes nous sommes
défaits », dit-elle doucement. Je lui apprends à être
logique, et elle s'en sert contre moi. Je ne peux pas
gagner.

Et pourtant, elle avait gagné, pensa Morrissey. Tout comme Katie... Il repoussa son assiette vide.

— Il faudra qu'elle travaille le samedi pour payer son essence, dit-il. Tu le lui diras.

Les yeux de Margaret se mirent à briller. Elle posa sa tasse et prit la main de son mari.

— John...

— Oui, je sais, je suis une bonne pâte.

Il pensa que si cela suffisait à les réconcilier, ce ne serait pas cher payé.

Ce qu'il se garda bien de dire, en revanche, c'est que pour Katie comme pour n'importe quelle autre jeune fille de Malminster, le moment était dangereux ; et que ce n'étaient sûrement pas des leçons de conduite qui pourraient, comme un talisman, la protéger du diable.

Lorsque les premiers employés de chez Crowther's arrivèrent, un peu avant 8 h 30, Barrett était déjà là, accompagné de deux autres policiers. On les installa au premier étage, dans un bureau dégagé à la hâte, où l'on avait eu la délicate attention de déposer une bouilloire sur un plateau de fer blanc, un pot de café soluble de la marque Crowther's et une douzaine de sachets de thé dans une tasse ébréchée.

— Et on est censés boire dans quoi ? dit Smythe.

— Je peux aller chercher des tasses à la cantine avant qu'on commence, proposa Copeland. C'est en bas.

— Ah bon, tu donnes dans la voyance extralucide, maintenant ? dit Barrett.

— J'étais déjà là, la dernière fois. Et il nous manquait la bouilloire, répondit Copeland.

— Les bonnes questions aussi vous manquaient. Si vous aviez fait votre boulot, je serais sûrement en train de faire quelque chose de plus intéressant en ce moment.

Barrett était encore mécontent de la tâche qui lui incombait pour la journée. Morrissey aurait sans doute dit que 99 % du travail d'un policier consistent à passer et repasser chaque élément d'une enquête au peigne fin ; mais Barrett avait davantage envie de s'occuper du 1 % qui restait.

— Si on nous avait dit qu'on cherchait quelqu'un du nom de Rob, dit Smythe, on aurait peut-être posé les bonnes questions.

Que Barrett se prenne un peu ça dans les dents, pensa-t-il ; cette arrogance, et cet air de penser qu'il leur faisait une faveur en étant là, ça lui restait en travers de la gorge.

— Si vous aviez trouvé que Diane Anderson était partie à cause d'une histoire de harcèlement sexuel, vous auriez appris ça tout seuls, rétorqua Barrett avec mauvaise humeur. (Se tournant vers Copeland :) Regarde un peu si tu ne peux pas aussi trouver quelques gâteaux secs, à la cantine.

Copeland sortit, lorgnant au passage le gilet gris à fines rayures de Barrett. Il ne se prenait pas pour n'importe qui, celui-là, et obtenait toujours ce qu'il voulait de qui il voulait… Il médita un moment sur les injustices de la vie. Puis, quelques vagues

notions de psychologie lui revinrent : l'envie de
nourriture indiquait le besoin de réconfort… Ayant
fait les rapprochements qui s'imposaient, il se mit
à siffler gaîment.

Le second tour d'interrogatoire chez Crowther's
n'apporta rien de neuf. Barrett n'eut aucun plaisir à
glisser subrepticement des questions sur l'attitude
d'Appleby à l'égard des femmes. Le directeur
commercial était apparemment un modèle de droi-
ture. Quant aux allusions au harcèlement sexuel
dont Diane Anderson aurait été victime, elles
furent accueillies par des expressions désolées.
Seule une joviale employée de la comptabilité, au
visage parsemé de taches de rousseur, eut une réaction intéressée :

— Ah, mais c'est à Lucy Foster qu'il faut que
vous parliez. Elle était devenue très amie avec
Diane. La dernière fois que la police est venue, elle
était tellement retournée qu'elle n'a fait que pleu-
rer. Mais s'il se passait quelque chose, c'est à elle
que Diane l'aurait dit. Le problème, ajouta-t-elle,
en gratifiant Barrett d'un large sourire, c'est qu'il
faudra que vous attendiez un peu. Elle est en
voyage de noces à Acapulco.

— Et quand rentre-t-elle ? demanda-t-il, mau-
dissant en son for intérieur le mauvais planning de
Lucy Foster.

— Dans dix jours. Vous reviendrez… Vous
serez bientôt ici comme chez vous, conclut-elle,
avec un nouveau sourire.

À moins que d'ici là on ait épinglé Appleby,

pensa Barrett en la regardant s'éloigner, avec sa courte jupe qui lui battait l'arrière des cuisses.

— On dirait que vous lui plaisez bien, dit Copeland, fort de ses acquis en psychologie.

Barrett porta la main à sa cravate. Encore une affaire dont il serait bon de tirer parti…

Il était presque midi lorsqu'ils en terminèrent. Alors qu'ils se préparaient à partir, le directeur du personnel passa la tête par l'entrebâillement de la porte.

— Si vous avez envie de manger un morceau, on peut se débrouiller à la cantine, annonça-t-il.

— J'aurais plutôt envie d'aller au pub, répondit Barrett ; mais merci quand même. Qu'est-ce que vous me recommanderiez, par ici ?

— Oh, le Crown, sans hésitation. J'y mange souvent moi-même. Vous sortez d'ici par l'arrière, vous traversez la cour, puis vous passez la route d'accès et la distillerie. Une fois dans Burton Street, vous tournez à droite, vous traversez, vous descendez Carter Street et vous vous retrouvez dans Queen's Road. Le Crown est juste en face. Je vous conseille le pâté en croûte.

Il s'arrêta, et plissa les yeux. On aurait dit que Barrett avait le poil hérissé comme un terrier.

— Carter Street, répéta-t-il lentement. Il n'y a pas un marchand de journaux, par là ?

— Si. Bowlby's. (Le directeur du personnel sembla comprendre subitement.) Bien sûr… Quelle coïncidence, n'est-ce pas ? La première fille assassinée travaillait là-bas. Une gentille gosse. Elle ne méritait pas ça.

— Personne ne mérite ça, dit Smythe.

— Bien sûr, je voulais dire…

Il cherchait ses mots. Barrett enchaîna, d'un ton cassant :

— Je suppose que beaucoup de gens de chez Crowther's s'arrêtent là-bas pour acheter le journal, en allant au pub ?

— Oui. C'est très pratique. Moi-même, je le fais.

— Et Mr Appleby aussi, de temps en temps. C'est lui qui me l'a dit.

— Oui, en général c'est là qu'il achète son journal. Nous y allons souvent ensemble, d'ailleurs. Ils sont très gentils, là-bas.

Barrett avait flairé une piste, il était satisfait. Il avait bouclé la boucle. Au diable les présomptions : Appleby était au centre du tableau, et même Morrissey ne pourrait plus faire autrement que de l'admettre.

11

Morrissey avait commencé la journée de bonne humeur, grimpant les escaliers quatre à quatre jusqu'à son bureau, comme à son habitude. À chaque mouvement vers l'avant, ses bras jaillissaient de ses manches de chemise, et sa veste bâillait et se froissait. Hormis une certaine ironie désabusée à l'égard de ce prêt-à-porter si mal conçu pour les grandes tailles, il n'y faisait plus attention.

Margaret se montrait parfois irritée et lui faisait régulièrement promettre d'acheter son prochain costume sur mesures ; mais à chaque fois, il en achetait un au dernier moment, en soldes… Il s'aperçut tout d'un coup que pour la première fois depuis trois jours, il pensait à sa femme sans culpabiliser.

Mais sa bonne humeur ne dura pas. Osgodby l'avait convoqué. Tout en montant les escaliers, il pressentit qu'il n'apprécierait pas du tout ce qui allait se dire.

Le patron tambourinait des doigts sur son bureau, ce qui trahissait toujours chez lui un certain malaise.

— Je suis bien content d'avoir réussi à vous coincer, John, dit-il à Morrissey. Vous avez sans doute vu les journaux ? Comme tout le monde, y compris notre directeur… Il m'est déjà tombé dessus, avec des questions plutôt épineuses et certaines allusions à la Brigade régionale.

— Qui n'est pas une élite de magiciens, rétorqua amèrement Morrissey. Je doute qu'ils puissent faire mieux.

— Non, ça c'est vrai. C'est ce que j'ai dit aussi, mais vous savez comment ça se passe… (Osgodby avait réellement l'air dérouté.) Il y a autre chose. (Ses doigts tambourinèrent un peu plus fort sur le bureau.) Le directeur veut que vous vous libériez pour une conférence de presse à 10 h 30.

Morrissey s'enfonça dans son fauteuil.

— C'est du temps perdu, dit-il.

Il savait que toute protestation était aussi inutile

que sa présence à cette conférence de presse. Le directeur parlerait des progrès de l'enquête et des nouvelles pistes détenues par la police. Osgodby l'appuierait ; et quant à lui, Morrissey, on ne lui demanderait rien, sauf peut-être de confirmer ces histoires de nouvelles pistes.

En fait, on lui posa une question assez différente, au sujet de la psychologie de l'assassin. Affirmant se référer à l'opinion d'un psychiatre, un journaliste suggéra que l'absence de toute forme d'agression sexuelle au cours de ces meurtres démontrait chez le tueur une peur des femmes. Cela n'impliquait-il pas que l'on avait affaire à un lâche ?

Morrissey éluda poliment, et se contenta de répondre qu'il n'avait aucune raison de contredire l'opinion hautement qualifiée d'un psychiatre. Il jugea que c'était de sa part une réponse prudente.

Lorsque la conférence prit fin à 11 heures, il piaffait d'impatience. Sans l'intervention d'Osgodby, il serait déjà chez les parents adoptifs de Gail Latimer. Tandis que maintenant, s'il les trouvait chez eux, il aurait vraiment de la chance. Il sentit son estomac émettre des borborygmes.

Selon toute vraisemblance, Gail Latimer n'avait aucune vie sociale ; elle n'appartenait à aucun club, ne suivait aucun cours du soir. Et d'après Susan Reed, en dehors de son travail, c'était une fille casanière, qui n'avait pas vraiment d'amis, ni hommes ni femmes.

Cela ne pouvait être tout à fait vrai, puisqu'il y

avait Rob. Mais Rob existait-il vraiment ? Ou bien était-ce seulement l'invention d'un esprit solitaire ?

Ceci amenait une autre question. Pourquoi une jeune fille aussi attirante que Gail était-elle restée seule ? Ce n'était pas logique.

Morrissey emmena toutes ces questions avec lui chez les parents adoptifs de Gail Latimer, en s'attendant — au mieux — à trouver Mrs Nolan seule. Il fut donc surpris de les trouver tous les deux.

Nolan, anguleux et dégingandé, une mèche de cheveux ternes en travers du front, lui rit au nez d'un air méprisant. Sa pomme d'Adam montait et descendait dans son cou.

— Si vous avez classé Gail dans les timides, vous vous trompez, parce que c'était d'abord et avant tout une fêtarde ! (Il fit un clin d'œil appuyé à Morrissey, comme s'il partageait avec lui une bonne blague entre hommes.) Enfin, vous avez des rapports médicaux, vous devez être au courant. C'était pas une vierge, ou elle l'est pas restée longtemps.

Morrissey le considéra avec antipathie. Sous les traits anguleux se profilait le charognard avide. Nolan aurait bien voulu avoir des détails ; il les aurait gobés goulûment, et en aurait certainement redemandé.

— Donc, quand elle vivait avec vous, dit-il, vous saviez qu'elle avait des petits amis ? Je suppose qu'ils venaient à la maison ?

— Oh, non, pas ici. Elle n'aurait pas osé, hein, au cas où on l'aurait dit à son assistante sociale.

— Qu'est-ce que ça aurait changé ? dit Morrissey,

qui n'avait jamais rencontré d'assistante sociale stricte sur ces questions. Au mieux, elle aurait obtenu des conseils. Je pensais que c'était de ça qu'il était question, avec une famille d'accueil. Faire au mieux pour l'enfant, savoir qui sont ses amis, quels problèmes il peut avoir.

— C'est ce qu'on a essayé de faire, hein, Jeannie ?

Jeannie, qui était d'une maigreur différente de celle de son mari, acquiesça d'un mouvement de tête sans énergie. Depuis le début, elle était restée à proximité de la cuisine, occupée à mélanger quelque chose dans un saladier. Morrissey cherchait un mot pour la décrire ; le seul qui lui vint à l'esprit fut « exsangue ».

— Vous venez de me dire qu'elle ne pouvait pas amener d'amis à la maison, insista-t-il ; comment saviez-vous ce qu'elle faisait ? Depuis combien de temps étiez-vous ses parents adoptifs ?

— Huit ou neuf ans ; Sharon était grande.

— Sharon, c'est votre fille ?

Jeannie cessa de s'occuper de son saladier et leva les yeux sur Morrissey.

— Oui, répondit Nolan ; mais vous savez comment sont les jeunes aujourd'hui. Dès qu'elle a eu fini l'école, elle est partie. Jeannie la voit toujours, hein, Jeannie ?

Autre mouvement de tête.

— Mais vous, non ? demanda Morrissey.

— Sharon était toujours collée à sa mère.

Nolan employait le passé à propos de sa fille. Il l'avait exclue de sa vie.

— J'aimerais avoir son adresse.

— Et pour quoi faire ? Elle ne connaissait pas Gail.

— N'importe.

— Et alors, il vous faut une raison pour demander ça, et moi je crois que vous n'en avez pas. Désolé, c'est non.

— Vous vous occupez d'un enfant, en ce moment, Mr Nolan ? demanda doucement Morrissey. Je suppose que vous êtes bien payé en retour ?

— Si vous voulez parler d'argent, pas du tout. On touche même beaucoup moins que ce qu'on dépense, je dirais. C'est Jeannie qui s'occupe de ça. (Il regarda sa femme.) On touche moins, hein chérie ?

Mrs Nolan hocha de nouveau la tête. Morrissey se demanda si elle savait faire autre chose…

— Je suppose que ça vous plaît, d'être mère adoptive, lui dit-il d'un ton encourageant. De savoir qu'il y aura toujours un enfant à la maison, qui grandira, qui partagera des choses avec vous.

Jeannie Nolan fixa Morrissey et le rose lui monta très légèrement aux joues. Puis, sans un mot, elle tourna les talons et s'en fut dans la cuisine.

Morrissey plissa les yeux. Son regard s'attarda un moment sur le salon, d'une propreté quasi maniaque. Pas un grain de poussière. Rien ne traînait : pas un jouet, pas une bande dessinée, pas une craie à dessin négligemment abandonnée après usage…

Le regard froid, il se tourna vers Nolan, qui semblait tout d'un coup mal à l'aise.

— De qui avez-vous dit que vous vous occupiez en ce moment ?

— Une autre gamine. Tracy Lambton, elle s'appelle. Elle est à l'école en ce moment.

— À Fisher ?

— Eskdale Road.

— À l'école primaire ? Elle est jeune alors ?

— Dix ans. Ça fait un an qu'elle est ici.

Morrissey prit des notes, puis demanda tranquillement :

— Vous avez déjà pensé retourner à Leeds ?

Nolan sursauta. Aussitôt, il fut sur ses gardes.

— Leeds ? Retourner à Leeds ? Qu'est-ce que vous voulez dire ?

— Vous viviez là-bas jusqu'en 1972, avant de venir ici. À Burley, exactement, c'est ça ?

— Dites donc, je croyais que vous étiez là à cause de Gail. Je vous répète que je l'ai pas vue depuis qu'elle est partie, et ça fait deux ans de ça. Enfin, que je lui ai pas parlé. Je l'ai aperçue une ou deux fois dans la rue et puis j'ai vu sa photo dans le *Sun*. C'est tout.

— Et vous n'avez aucune idée de qui étaient ses petits amis, même quand elle habitait ici ?

— Elle m'a jamais rien dit.

Morrissey se dirigea vers la cuisine. Jeannie Nolan tourna légèrement la tête et aperçut sa silhouette dans l'encadrement de la porte.

— À moi non plus, elle n'a jamais rien dit. Pas la peine de me demander.

Lorsqu'elle parlait, on aurait dit qu'elle psalmodiait sur deux tons.

Le regard de Morrissey allait de l'un à l'autre.

— Et vous ne vous inquiétez pas de ce que font les enfants quand ils ne sont pas à la maison ? (À Nolan :) Où travaillez-vous ?

— À la société des Jus de fruits de Middleton. Je suis contremaître de nuit. Sans vous, je serais déjà au lit en ce moment.

— Middleton, répéta Morrissey. C'est dans la zone industrielle, près de Crowther's Biscuits. Je me souviens qu'ils ont déménagé par là. (Il regarda fixement Nolan.) Nous enquêtons sur trois meurtres. La deuxième fille assassinée s'appelait Diane Anderson et travaillait chez Crowther's. Vous avez très bien pu la voir un jour, comme ça, en allant au travail, ou en revenant. Vous avez peut-être même fait sa connaissance quelque part ? Vous lui avez peut-être parlé ? Drôle de coïncidence, en tout cas.

La pomme d'Adam de Nolan était soudain devenue hyperactive.

— C'est bien tout ce que ça aurait été, une pure coïncidence, rétorqua-t-il. Il y a des tas de bonnes femmes qui travaillent là-bas. Je vais pas me souvenir d'une en particulier, hein ? À moins d'avoir une raison.

— Quelqu'un a une raison, dit Morrissey. Quelqu'un s'en souvient parce qu'il les a tuées. Voilà bien de quoi réfléchir, n'est-ce pas, Mr Nolan ? Et sérieusement, si j'étais vous.

Sur ces mots, il prit rapidement congé et les laissa.

Une fois dehors, il réfléchit à ce qu'il venait d'entendre. La fille adoptive des Nolan, officiellement, cela ne relevait pas de son domaine ; mais le frère de Gail et l'affaire de Leeds lui avaient mis la puce à l'oreille. Maintenant qu'il avait vu les Nolan, sa préoccupation grandissait. Néanmoins, si la gamine avait été dans une autre école qu'Eskdale, il aurait probablement laissé courir. Mais il se trouvait que Matthew Haines, le directeur de l'école, était un ami personnel.

Il décida de lui rendre une petite visite.

Il le trouva assis seul dans la salle des professeurs, penché en avant vers le poste de télévision. Il avait plutôt l'air d'un élève en train de sécher les cours que d'un directeur. En voyant Morrissey, il hocha la tête à son intention et lui fit signe d'écouter.

— On parle de toi, dit-il.

Morrissey ferma la porte derrière lui et s'assit. C'étaient les informations de la mi-journée. Derrière le présentateur, on apercevait une photo de la conférence de presse du matin, avec la lumière des projecteurs qui se reflétait sur le visage rose et brillant d'Osgodby.

« *Le directeur de la Police a fait état du progrès de l'enquête dans plusieurs directions.* (Regard solennel du journaliste.) *John Morrissey, l'inspecteur en chef chargé de l'enquête, soutient l'opinion d'un psychiatre selon laquelle l'homme recherché pourrait être un lâche.* (Regard sévère.) *Sans doute vaudrait-il mieux dire un lâche dangereux. Il est conseillé aux femmes d'éviter les endroits isolés et de sortir accompagnées, dans la mesure du possible.* »

En entendant cela, Morrissey roula des yeux au plafond. Haines éteignit le poste.

— Je regarde toujours les infos régionales à cette heure-ci, quand je peux. Depuis qu'on s'est fait surprendre par la grève des bus…

— J'espère que d'habitude c'est un peu plus précis.

— Pourquoi ? Ils t'ont mal cité ?

— Hors contexte, en plus. Dis donc, est-ce qu'on peut parler deux minutes dans ton bureau ?

— Tant que tu veux. En tout cas… (Haines regarda sa montre.) …jusqu'à la demie ; ensuite, il faut que je descende dans la cour. Tu peux venir avec moi, si tu veux. Je te présenterai à de futurs criminels.

— Merci, mais l'ignorance est mère de béatitude, répondit Morrissey.

Ils traversèrent des couloirs, et Morrissey commença à lui parler de Tracy Lambton et des Nolan, sachant qu'il ne disposait en la matière que d'intuitions personnelles. Toute référence aux incidents de Leeds devait pour l'instant être évitée.

Mais Haines avait des préoccupations du même ordre.

— Tracy est de plus en plus renfermée ces derniers mois, c'est certain. J'ai demandé à son éducatrice d'aller la voir. L'ennui, c'est que ce genre de problème ne se voit pas. C'est comme la poussière sous les tapis. Ah mais au fait ! Demain c'est la visite médicale. Je vais en parler au toubib. Et je te tiens au courant.

— Ce serait bien, oui, dit Morrissey, l'air grave.

Il regarda par la fenêtre dans la cour déserte, et se demanda une fois de plus si l'humanité n'avait pas commencé sa longue descente en enfer.

Bien sûr, c'était son travail qui voulait ça. Les gens auxquels il avait affaire étaient ceux qui enfreignaient la loi, les exclus de la société. On avait toujours peine à se rappeler que la majorité des gens étaient quand même honnêtes et pacifiques.

Des années auparavant, une catastrophe pétrolière s'était produite au large des côtes du Lincolnshire ; pas très importante, mais à l'époque, c'était un accident rare. Le pétrole s'était répandu en nappe sombre sur la plage, et y avait laissé une marque noire. Morrissey l'avait observé chaque matin, alors qu'elle s'étendait toujours davantage sur le sable. La petite zone épargnée par le désastre rétrécissait de plus en plus ; c'était là que les enfants jouaient et barbotaient, s'engluant chaque jour un peu plus dans le liquide noir.

Morrissey avait le même sentiment à présent : une tache noire se développait et il était impuissant à l'arrêter.

12

Morrissey trouva Barrett penché sur une carte au-dessus du bureau. L'inspecteur en chef haussa les sourcils d'un air interrogateur.

— Déjà fini ? demanda-t-il.

Par-dessus l'épaule de Barrett, il aperçut une carte de Malminster.

— Il serait temps qu'on en ait une nouvelle, dit Barrett, très occupé à marquer au crayon les routes d'accès et les limites tentaculaires de la ville. Il n'y a pas la zone industrielle sur celle-ci. Ce n'est probablement pas très précis, mais ça fera l'affaire. Crowther's se trouve ici, au coin, avec une route d'accès juste derrière. (Il leva les yeux vers Morrissey.) Nous connaissons le devant de l'usine, mais tous les chargements s'effectuent à l'arrière. Les grilles sont ici. (Il griffonna de nouveau.) Je leur ai demandé dans quel pub ils allaient lorsqu'ils veulent éviter la cantine. Il s'agit du Crown, sur Queen Street. Une distance raisonnable.

Morrissey parcourut le chemin du regard, empruntant la route d'accès et les rues entrecroisées.

— Trop loin, à pied, quand on a seulement une heure pour déjeuner, commenta Morrissey. Où est le raccourci ?

— Ici, dit Barrett en esquissant un autre tracé. Cette route d'accès s'appelait Clifford Street, avant qu'ils ne démolissent les maisons, et il y a une distillerie presqu'en face des grilles de chez Crowther's.

Morrissey posa son doigt sur la carte.

— Elle donne dans Burton Street…

— Et si vous tournez à droite et que vous traversez la route, vous arrivez par Carter Street jusqu'à Queen Street. Le marchand de journaux, Bowlby's, est à mi-distance. (Barrett leva vers Morrissey un visage rayonnant.) La plupart des membres de la direction de Crowther's déjeunent au Crown une ou deux fois par semaine, et certains achètent le journal chez Bowlby's en passant.

— Dont Appleby.

Avec un soupir qui en disait long, Barrett acquiesça.

— Dont Appleby, répéta-t-il. Et donc, il fait partie du tableau dans les trois cas.

Le doigt de Morrissey avança jusqu'au Crown, puis, par la bifurcation de Ladbrook Road, glissa rapidement jusqu'à l'immeuble des Nolan. Il se souvint qu'une Toyota toute neuve était garée dans l'allée, devant chez eux. Il n'y avait pas accordé d'attention sur le moment, mais en y repensant il se souvint également qu'un vélo se trouvait juste à coté, appuyé au mur.

— Eh bien, il n'est pas le seul, conclut-il avec une lenteur délibérée.

Et il raconta à Barrett sa visite chez les Nolan.

Il était en retard ce matin-là. Comme il ne s'était pas réveillé, il n'avait pas pu prendre son petit-déjeuner, et avait dû partir à toute allure pour être à l'heure. Dès qu'il aperçut l'enseigne du pub, il se gara. Il n'avait envie de rien de spécial, juste d'un sandwich et d'une bière. On n'avait pas encore commencé à servir les plats chauds, mais ça n'avait pas d'importance. Le bar était presque vide, et il s'assit à une place d'où l'on voyait bien la télévision. Depuis qu'il en était la vedette principale, il était quasiment devenu un accro des bulletins d'informations.

Devant les images de la conférence de presse, il s'était mis à sourire et avait mordu à pleines dents dans son sandwich, pour ne pas se faire remarquer. Tous des bouffons ! À un moment, la caméra s'arrêta sur le visage de Morrissey ; le baratin de psychiatre l'assomma. Tout un tas de foutaises. Sa main le démangeait, il avait envie de balancer son verre sur le poste.

Un lâche ! Ils le traitaient de lâche !

Il avait jusque-là respecté Morrissey, mais à présent il n'y avait plus que de la déception. Voilà une erreur qu'il leur faudrait payer. Il se demanda aussitôt comment il allait s'y prendre…

Tout se résuma alors à vérifier des alibis. Ce qui ne constituait pas, et Morrissey le savait, le moyen infaillible de découvrir la vérité. Lui-même aurait bien été incapable de prouver, pour nombre de moments, qu'il se trouvait à tel endroit et qu'il faisait telle chose. Ce qui était vrai pour lui l'était également pour Appleby et pour Nolan.

Lorsqu'il était retourné avec Barrett voir Appleby, celui-ci était toujours aussi certain de ses gestes pour les jours incriminés, soutenant qu'il s'était trouvé seul aux heures fatidiques. Il n'avait croisé d'autres personnes que durant ses déplacements — ce qui n'était pas évident à vérifier. À l'occasion de cette seconde visite, il était apparu tendu, recrachant la fumée de sa cigarette en bouffées brusques et nerveuses.

Nolan, quant à lui, n'avait carrément aucune idée de l'endroit où il se trouvait ces jours-là.

— J'écris pas de journal à la con, avait-il protesté. Je suis contremaître de nuit, je suis pas le directeur. Si je travaillais ces nuits-là, la journée j'étais au lit. Si je travaillais pas, j'étais soit à la maison, soit aux fléchettes. Quand Gail a été tuée, j'étais au lit, ça je peux vous l'affirmer. Je n'ai appris la nouvelle que le jour suivant.

— Et votre femme peut confirmer ? demanda vivement Barrett, en regardant l'intéressée.

Jeannie Nolan était assise, cette fois — mais pas sur le canapé avec son mari —, sur une chaise à dossier droit, juste en dehors du champ de vision de celui-ci. Son regard fuyait celui de Barrett, tandis que Nolan, lui, se tordait le cou pour la voir.

— Alors, Jeannie ?

Les yeux fixés sur le mur, comme pour éviter les regards, elle répondit :

— J'étais chez ma mère, non ?

— Quelle heure était-il, Mrs Nolan ? demanda Morrissey en l'observant bien.

— Midi, à peu près. Gavin s'était mis au lit juste avant. Je suis allée déjeuner chez ma mère — ce qui n'arrive qu'une fois tous les quinze jours, ajouta-t-elle, sur la défensive. Je ne peux quand même pas rester tout le temps à la maison.

— En effet. Et vous êtes rentrée à… ?

— Un peu avant 16 heures. Il faut que je sois là quand la gosse rentre de l'école, pour ne pas qu'elle réveille Gavin.

Elle avait toujours le regard fixé au mur. Qui cherchait-elle à fuir ? se demanda Morrissey.

Nolan eut des mouvements de gorge convulsifs.

— C'était pas ce jour-là, c'était la veille, non ? dit-il à sa femme.

— Pas la peine, répondit-elle. Maman se souviendra s'ils lui demandent.

— La vieille vache ! Si c'est pour me mettre dans le pétrin, ça oui. (Nolan s'essuya les mains sur son pantalon de pyjama.) Bon écoutez, dit-il, vous m'avez fait lever pour ça, et moi je travaille ce soir. Je vais tomber de sommeil.

— Est-ce que vous avez eu de la visite, ce jour-là ? insista Morrissey.

Jeannie Nolan porta son regard sur le rebord de la cheminée — Morrissey aperçut le coin d'une facture de gaz qui dépassait, derrière la pendule — puis elle se remit à fixer le mur devant elle. Si c'était ce jour-là qu'on avait relevé les compteurs, Nolan n'avait pas l'air d'être au courant. Morrissey le laissa aller se recoucher. Quelque part, il doutait qu'il arrive à se rendormir.

Dans la voiture, sur le chemin du retour, Barrett misait toujours sur Appleby.

— Il n'y a aucun Rob à l'horizon dans le cas de Nolan, dit-il en faisant une queue de poisson experte à un bus à impériale. Mais il y en a un…

— Mais enfin, l'interrompit vivement Morrissey, il n'est nulle part écrit en lettres de feu qu'il existe forcément un lien avec ce Rob. Et ce que vous venez de faire là, ajouta-t-il en faisant allusion à la conduite de Barrett, ce n'est pas loin de la faute grave.

— Alors pourquoi ce Rob ne s'est-il pas manifesté ? rétorqua Barrett, comme s'il n'avait pas entendu. Si lui et Gail Latimer étaient assez proches pour vouloir s'installer ensemble, comment se fait-il qu'il ne soit pas assez bouleversé ou pas assez en colère pour nous le faire savoir ? Pour avoir leurs deux noms à l'intérieur du même cœur, vous pouvez être sûr qu'ils ne faisaient pas que se tenir la main.

Morrissey se laissa aller à méditer un moment sur une certaine innocence perdue, mais ne fut pas en mesure de répondre à la question de Barrett.

— Déposez-moi au poste ; et vous, rejoignez Smythe et Copeland, lui dit-il d'un ton aigre, pensant à tous les hommes simplement mobilisés pour vérifier des alibis et des distances.

À la gare routière, ainsi qu'à l'arrêt du terrain communal, des panneaux avaient été installés, invitant les usagers qui avaient pris le 115 de Manorfield à Malminster le jour du crime à se faire connaître ; un policier en uniforme attendait en chacun de ces endroits, prêt à prendre les dépositions.

Et puis il y avait l'automobiliste de Rington's Tea. C'était comme un puzzle sans fin. Et la sanction, si une seule pièce manquait, serait un autre assassinat.

— Arrêtez-vous à Middleton, ajouta Morrissey, et vérifiez auprès du personnel si Nolan travaillait de nuit aux dates qui nous intéressent. Ça ne devrait pas vous prendre longtemps.

Mais il était déjà presque 15 heures, et Barrett pensait, lui, que tout ça prendrait forcément trop longtemps.

En entrant au poste, Morrissey eut soudain une sensation acide qui lui rappela qu'il n'avait rien mangé depuis le matin. Il commanda des sandwichs et commença à parcourir les papiers qui étaient apparus sur son bureau en son absence.

Il y avait là un long rapport d'autopsie, qui ne contenait rien de nouveau — la mort était survenue par strangulation, au moyen d'une ligature de ficelles tressées, du type de celle qu'utilisent les jardiniers pour fixer les tuteurs. Morrissey lui-même se servait de ce genre de ficelle ; l'on pouvait s'en procurer dans n'importe quel magasin de Malminster. Trois morceaux tressés ensemble en avaient fait un garrot mortel.

Morrissey eut la vision de Nolan : sa figure anguleuse, son expression avide…

Le labo avait fourni trop d'informations pour que cela soit d'aucun secours, suffisamment pour se sentir frustré. Tout ce qui était récupérable dans le périmètre du cadavre avait été mis en sachet pour être examiné : papiers de bonbons, mégots, bâtons de sucettes, morceaux de kleenex douteux. Et six préservatifs usagés.

Morrissey soupira. Le mobile du meurtre n'était pas d'ordre sexuel. Cela ajouté au fait que les habitants de Malminster avaient la mauvaise habitude de jeter leurs détritus partout où ils allaient, et toutes ces recherches ne servaient à rien. Peut-être, mais alors seulement peut-être, retrouverait-on sur les lieux de chacun des meurtres le même mégot de cigarette, portant les mêmes traces de salive, ou bien le même papier de bonbon, ou peut-être autre chose de plus insolite, qui pourrait orienter les recherches. Mais les probabilités étaient faibles.

Morrissey ajouta ces papiers au dossier qui grossissait à vue d'œil, se lamentant intérieurement de n'avoir toujours rien de tangible à se mettre sous la dent.

Barrett reconnut la petite jupe courte ; un coup d'œil dans le rétro arrière lui confirma qu'il ne s'était pas trompé. Il s'arrêta sur le côté et attendit. La jeune fille n'accéléra pas le pas — futée — mais se rapprocha du mur…

Il abaissa sa vitre.

— Déjà fini, le travail ?

Le visage de la fille s'éclaira.

— Ah, c'est vous ! Je croyais que c'était encore un dragueur.

— Comme ça ici, en plein jour ?

— Vous seriez surpris de voir ce qui se fait… Je vais à la poste. Vous furetez dans le coin ou bien vous me déposez ?

— Les deux, répondit Barrett, en se penchant pour lui ouvrir la portière.

Elle s'assit à côté de lui, et sa jupe, en remontant,

révéla le haut de ses cuisses. Barrett lorgna en connaisseur.

— Ce sont les mêmes que les vôtres, lui dit-elle avec malice ; enfin, jusqu'à un certain point.

Elle posa son sac sur ses genoux.

— Ceinture, dit Barrett en démarrant.

— Vous ne venez pas de chez Crowther's ?

— Non, pas cette fois.

— Je commence à être un peu inquiète, moi ; si on a un dingue qui travaille là-bas, j'aimerais autant le savoir. Je n'ai pas envie de mourir.

Barrett lui jeta un regard de côté.

— Mais vous ne demandez pas à votre petit ami de venir vous chercher ?

— Et qu'est-ce qui vous fait penser que j'ai un petit ami ? Tenez, tournez à gauche, je vais à la succursale, pas à la poste principale. Voilà, c'est là.

Barrett s'arrêta. Elle détacha sa ceinture.

— Je suppose que vous ne pouvez pas me raccompagner après ? lui dit-elle.

Il secoua la tête, tout en se demandant ce que serait sa réaction s'il lui proposait un rendez-vous. Elle lui sourit, le visage illuminé de ses taches de rousseur. Est-ce qu'il lui plaisait vraiment ? C'était ce que Copeland lui avait dit, l'autre fois. En tout cas, elle n'était pas pressée de descendre de voiture.

Copeland... Barrett regarda sa montre.

— Je serai au Gadfly, demain soir, vers 21 heures, lui dit-elle. On peut prendre un verre, si vous voulez. Merci pour le taxi.

D'un rapide moulinet de jambes, elle se retrouva

dehors. Barrett la regarda s'engouffrer dans le bâtiment.

Il se remit en route en sifflant gaîment.

13

Une grive chantait quelque part au fond du jardin ; un chant monotone qui donnait à Morrissey la mesure de son anxiété, car au lieu de l'apaiser, il contribua à l'irriter davantage.

C'était un petit matin humide. Une légère brume planait au ras du sol, dans l'air vif, et le soleil pointait de timides rayons, promesse d'une belle journée. Normalement, cela seul aurait suffi à mettre Morrissey en train, mais pas ce jour-là. Ce jour-là, même le fait d'être levé avant tout le reste du voisinage et de pouvoir travailler dans ce jardin qu'il aimait tant n'y faisait rien. Il essayait de passer son sentiment de frustration sur sa fourche, qu'il plantait sauvagement dans la terre. Elle heurta un caillou. Le manche lui répercuta de violentes vibrations dans le bras et il la jeta de côté en jurant, ce qui ne lui fit aucun bien non plus.

Il n'arrivait pas à « cerner » le profil du tueur. Était-ce quelqu'un qui frappait au hasard ? Un opportuniste ? Ces meurtres n'avaient apparemment aucune connotation sexuelle. Pas encore. De l'avis du psychiatre de la police, cela pouvait changer. Pour les journalistes, c'était déjà chose acquise : le fait que les victimes soient des femmes suffisait à connoter ces meurtres sexuellement.

Le marchand de journaux sifflait de l'autre côté de la haie ; la grive se tut, vaincue par plus virtuose qu'elle. Morrissey ramassa sa fourche et se remit au travail à un rythme soutenu ; lorsqu'il eut retourné toute la plate-bande, il alla chercher dans la serre deux boîtes de plantes à repiquer.

Son jardin, c'était sa joie, et aussi l'endroit où il méditait. Mais pas ce jour-là. Ce jour-là, il ne pouvait manipuler le terreau, pourtant doux au toucher, sans penser au pourrissement, à la décomposition. En installant avec fermeté les jeunes pousses à leur place, il n'avait qu'une idée : en finir.

Margaret était en train de bâiller lorsqu'il rentra dans la cuisine. Au-dessus de leurs têtes, on entendait le martèlement régulier de la musique, sur la chaîne stéréo de Katie. D'habitude, lorsque Mike était là — il ne rentrait que le lendemain —, c'était le bruit de leurs disputes qu'on entendait le plus. Mike importunait en général sa sœur pour qu'elle baisse sa musique et Katie, de son côté, s'amusait à le faire enrager.

— N'oublie pas de passer la consigne, aujourd'hui, dit Margaret. La vente, insista-t-elle, en voyant Morrissey froncer les sourcils. J'espère bien que la police de Malminster sera mon principal client.

La lumière fut : le Comité pour la protection de l'Enfance… Il avait oublié que Margaret devait tenir le stand, pour cette journée de collecte de fonds.

— Et pourquoi madame la directrice doit-elle tenir elle-même le stand ? demanda-t-il.

Madame la directrice. Margaret aimait à ce qu'on lui rappelle ce titre obtenu récemment, car elle avait longtemps attendu dans l'ombre avant d'être élue au Comité. Elle savourait à présent sa récompense.

— Parce que madame la directrice aime tenir un stand, rétorqua-t-elle gaîment. Et je ne vais sûrement pas renoncer à cette promotion enthousiasmante. Pour changer de sujet, tu préfères manger avant de te changer, ou après ?

— Avant, ce serait mieux.

Il retourna le journal que Margaret avait déjà lu. Comme d'habitude, un assassin en liberté était synonyme d'incompétence de la police. « MEURTRES À MALMINSTER : IL FAUT CONFIER L'ENQUÊTE À DES SPÉCIALISTES ! » hurlaient les gros titres ; et au-dessous, en plus petit : « Le meurtrier court toujours ; il peut frapper de nouveau. »

Margaret reposa son bol d'œufs battus.

— C'est vraiment n'importe quoi, dit-elle. Comment Neville Harding se permet-il ce genre de prêchi-prêcha dans sa situation, je me le demande.

Le rose lui montait aux joues ; d'une certaine manière, cela consola un peu Morrissey. Il lui passa tendrement le bras autour des épaules, et elle le serra contre elle.

— Et dans quelle situation est-il donc, notre rédacteur en chef local, pour que les dames de Malminster soient à ce point au courant ? s'enquit-il d'un ton faussement sévère.

— Oh… on ne connaît pas les détails, mais ce qu'on sait — et que tout le monde sait — c'est que ce monsieur a deux chez-lui. (Margaret poivra généreusement les œufs et reprit :) Bien entendu, personne n'en parle jamais devant Louise, et elle-même reste très correcte, mais enfin le fait est que Harding est bien la dernière personne à pouvoir jouer les moralisateurs. Tu devrais peut-être le lui dire, d'ailleurs, lâcher ça dans la conversation. Parle-lui de Natalie et tu verras sa tête.

Morrissey considéra sa femme d'un air pensif. Margaret et les commérages ne faisaient généralement pas bon ménage. La lecture du journal l'avait-elle perturbée à ce point ?

Katie les rejoignit dans la cuisine, vêtue d'une courte chemise de nuit en coton qui ressemblait à un T-shirt déformé. Elle prit le pack de jus d'orange dans le réfrigérateur et se laissa tomber sur une chaise, à côté de ses parents.

La coupe noire et hérissée qu'elle portait l'année dernière s'était transformée en une sorte de tapis-brosse qui lui tombait sur le front. Morrissey soupira d'un air résigné.

Remarquant les sourcils toujours froncés de son père et le visage rose de sa mère, Katie posa les deux mains à plat sur la table et se leva :

— On retourne au lit, Katie, dit-elle. Ici, zone de combat !

Morrissey la fit rasseoir.

— On ne se dispute pas. Ta mère est simplement énervée par le manque de soutien dont souffrent certains flics débordés.

— Ah ?

Les yeux de Katie tombèrent sur le journal. Elle se mit à lire, puis commenta :

— Pauvre type. Il doit avoir l'esprit dans la culotte.

Le regard de Morrissey rencontra celui de sa femme et vit qu'elle partageait son amusement. Il se leva pour aller se changer, et se surprit à fredonner en montant l'escalier.

Louise Harding avait essayé de faire front pendant plus d'un an. Il devenait de plus en plus difficile de supporter une telle situation, et elle se demandait parfois ce qui lui avait pris d'épouser Neville Harding. La seule bonne chose qui était ressortie de cette union, c'était les enfants. Mais à présent, Nigel et Anne ne venaient que rarement à la maison ; quant à Mark…

Il était injuste que Mark ait tant pâti de la situation. Elle s'en voulait pour cela ; elle s'en était toujours voulu et s'en voudrait toujours. On en revenait systématiquement aux mêmes « si… ». Si elle n'avait pas été aussi pressée… Si elle ne s'était pas retournée pour dire au revoir à Anne… Si elle n'était pas tombée dans l'escalier…

Si elle n'avait pas autant craint de faire attendre Neville.

Les médecins avaient adopté un point de vue différent. Pour eux, Mark avait eu de la chance. Ce ne serait sans doute jamais un petit Einstein, mais son cerveau aurait pu être bien plus gravement atteint, par suite du manque d'oxygène. Il s'en était bien sorti, il avait réussi à suivre une scolarité normale, et s'il avait été issu d'un autre milieu, cette réussite seule aurait peut-être suffi.

Mais pas avec Neville pour père.

Et puis, il y avait Natalie. Comment Neville se comportait-il avec elle ? se demandait Louise. Était-il tendre, attentionné ? Tout ce à quoi elle avait renoncé…

Il y avait une chose à laquelle Neville continuait de prêter attention : l'opinion des autres. Il aimait être bien vu dans les cercles qui comptaient et, jusqu'alors, cela avait toujours signifié : ne pas provoquer de vagues dans la cité par d'audacieux commentaires dans son journal. Louise avait donc été choquée par les lignes cinglantes dans l'édition du jour.

Au petit-déjeuner, elle lui demanda pourquoi il tapait sur la police alors que celle-ci faisait visiblement de son mieux dans l'affaire en question.

— Parce que j'ai besoin de vendre plus pour gagner plus, aboya-t-il. Pour vous entretenir, toi et lui, pour que vous ayez de quoi vous nourrir et vous habiller. Et cela m'aiderait si tu cessais de le conforter dans ses velléités pseudo-artistiques, et si tu le poussais plutôt à trouver du travail. On ne fait pas un cheval d'une mule. Moi, j'ai dû travailler pour en arriver où je suis, il est temps qu'il s'y mette.

Mark avait l'habitude d'entendre son père parler de lui à la troisième personne, et il continua de manger tranquillement. Louise se demandait toujours avec désespoir comment il ressentait le fait que son père ne s'adresse jamais directement à lui. C'était une chose qu'elle n'avait jamais osé lui demander. Mais pourquoi Neville avait-il donc une nature perverse au point de dénier à ce fils dont il avait honte un talent aussi éclatant ? Si l'on avait proposé à Mark une place à l'école des Beaux-Arts, ce n'était pas pour son travail intellectuel, mais bien pour son talent à s'exprimer par la peinture ; car sous ses doigts, le monde qui l'entourait se transformait en visions à vous couper le souffle. Peut-être était-ce une compensation pour ce qui lui avait été retiré ?

La colère prit le pas sur la prudence et elle rétorqua, prise d'une rage inhabituelle :

— Si tu n'entretenais pas Natalie Parkes comme une gravure de mode, tu ne regarderais peut-être pas autant à la dépense ! Pourquoi ne lui dis-tu pas un peu *à elle*, de faire des économies ?

— C'est *moi* qui gagne cet argent, c'est *moi* qui le dépense ; et puis elle n'a jamais de migraines, elle.

« Je m'en doute, pensa Louise, elle n'est pas condamnée à vie, elle. »

En présence de son père, le bégaiement de Mark empirait toujours. Parfois, aux Beaux-Arts, ou lorsqu'il était seul avec sa mère, c'était à peine si on le remarquait ; mais devant Neville, sa langue se pétrifiait. Comme aujourd'hui. Il était au courant pour Natalie Parkes. Être un peu lent ou être borné, ce n'était pas pareil. Son père pensait qu'il était borné. Il fit un effort particulier.

— Na-Nat-Natalie, elle b-b-aise av-v-ec Bill Thompson, lâcha-t-il triomphalement.

Puis il se barricada mentalement sous l'explosion qui suivit, et laissa les insultes balayer l'air au-dessus de sa tête. Elles n'avaient aucune importance.

14

— À moins d'être invisible, disait Barrett qui s'entraînait apparemment à constater l'évidence, il a forcément laissé des indices.

— Sans aucun doute, répondit Morrissey froidement. Sherlock Holmes les trouverait sûrement, mais moi, je ne suis pas aussi futé. Et vous ?

— On a au moins trouvé un lien entre Appleby et Susan Howarth, répliqua Barrett, froissé. Et puis il y a la fille qui passe sa lune de miel à Acapulco.

Cela lui rappela la fille aux taches de rousseur de chez Crowther's, et le rendez-vous qu'elle lui avait donné au Gadfly. Elle avait vraiment eu un regard prometteur…

Morrissey le fit revenir sur terre.

— Je veux en savoir plus sur Sharon Nolan, dit-il, et particulièrement, pourquoi elle ne s'entend pas avec son père. Ça devrait vous occuper un moment.

Barrett se voyait déjà reparti dans des recherches inutiles.

— Ça pourrait difficilement être Nolan, protesta-t-il d'un air affligé. On sait qu'il travaillait de nuit au moment des meurtres.

Morrissey écarta cela d'un geste.

— Est-ce que Smythe sait faire du vélo ?

Barrett haussa les épaules d'un air indifférent.

— Ou Copeland, d'ailleurs, poursuivit Morrissey. Il faut que quelqu'un vérifie combien de temps aurait pu mettre Nolan pour aller à vélo jusqu'à Middleton, y commettre un meurtre et revenir. Juste dans les deux premiers cas — pour Gail Latimer, il était sans doute chez lui quand elle a été tuée. Et avant que vous ne disiez quoi que ce soit, ajouta-t-il en fixant Barrett d'un œil sévère, sachez que sa femme n'était pas à la maison. Il n'a aucun alibi pour ces deux dates.

— Mais ce ne sont que des présomp…

Barrett s'interrompit.

— Oui ?

— Non, *rien*, dit Barrett.

— Je vous laisse donc vous occuper de tout ça, conclut Morrissey, ayant obtenu ce qu'il voulait.

À 17 h 30, Morrissey se préparait à rentrer chez lui et invita Barrett à en faire autant. Une autre journée était passée et l'enquête n'avait pas réellement progressé ; il n'y avait plus rien à gagner à rester au poste. En revanche, il y avait beaucoup à apprendre de Mike, qui était rentré et devait lui raconter son excursion de trois jours à Gibraltar.

Barrett n'avait rien pu apprendre de la fille de Nolan ; ses craintes s'étaient avérées justes, cette entrevue avait été une perte de temps. Sharon Nolan travaillait comme aide-soignante à l'hôpital du coin, et l'irruption de Barrett au milieu d'une journée plutôt chargée n'avait été appréciée de personne.

Sharon Nolan avait hérité du physique anguleux de ses parents, que sa jeunesse adoucissait quelque peu. Si elle avait été moins grande, Barrett lui aurait peut-être même trouvé un certain charme, mais comme elle le dépassait bien d'une tête, et refusait de se laisser intimider par lui, il n'essaya même pas d'user de son pouvoir de séduction avec elle. Chacun trouva donc l'autre plutôt désagréable.

Lorsque Barrett l'interrogea sur son père, la réponse de Sharon Nolan fut brusque et directe :

— Ça va pas chez vous, non ? Pourquoi est-ce que je répondrais à vos questions ? Vous ne me dites même pas ce qu'il est censé avoir fait. Allez lui demander ! De toute façon, ça fait des années que j'ai quitté la maison. Je ne sais absolument pas ce qu'il fabrique maintenant.

— C'est bien là la question. Qu'est-ce qui s'est passé ? Pourquoi êtes-vous partie à 16 ans ? Pourquoi partir si tôt, pour quelle raison ?

— C'est pas vos affaires.

— Et votre mère ? Vous la voyez toujours ? Elle doit vous parler de lui, de ce qu'il fait.

— Eh bien, allez lui demander.

— Obstruction au bon déroulement de l'enquête… commença Barrett pompeusement.

— Obstruction, mon cul ! le coupa crûment Sharon. S'il n'a rien fait, vous n'avez rien à chercher. Alors…

C'était là tout ce que Barrett avait pu obtenir. Il était piqué au vif et ne se détendit qu'au moment de se rendre au Gadfly.

La discothèque regorgeait de lumières qui clignotaient au rythme de la musique. Comme il ne voyait pas la fille de chez Crowther's, il s'installa au bar. Il venait de payer trop cher une bière dans un verre très « design », lorsqu'il aperçut Michelle. Elle dansait avec un type en pantalon blanc, avec un T-shirt comme éclaboussé de roses. Barrett plissa les yeux, perplexe.

« Il faut mettre quelque chose de décontracté ; ni gilet ni cravate ! » lui avait dit Smythe. C'était ce qu'il avait essayé de faire, mais sa garde-robe ne lui avait rien offert de comparable à tous ces orange éclatants, tous ces violets et ces verts criards qui ondulaient sous les lumières stroboscopiques.

Il se retourna vers le bar. Il n'avait que quatre ans de différence avec Smythe... À ce moment, Michelle se faufila à côté de lui. Elle avait l'air contente de le voir. Elle s'appuya sur son bras et lui sourit.

— Alors, vous êtes venu. Je ne pensais pas que vous le feriez. Vous m'offrez quelque chose à boire ?

Elle l'entraîna ensuite à la recherche d'une table libre. Le bruit autour d'eux augmentait de plus en plus, à tel point que lorsqu'ils s'assirent il n'était plus possible de communiquer autrement qu'en hurlant. Mais cela n'avait pas l'air de gêner Michelle, et Barrett essaya de prendre l'air de celui qui avait l'habitude.

Lorsqu'ils se retrouvèrent sur la piste de danse, il essaya de balancer son bassin du mieux possible. Michelle eut l'air d'apprécier, ce qui le réconforta un peu. Après tout, peut-être qu'il n'y avait pas autant de différence entre Smythe et lui.

Ils s'étaient rassis à leur table avec deux autres verres, quand le type aux roses écrasées réapparut.

— Pousse-toi un peu, dit-il à Michelle en se faisant une place à côté d'elle. Je n'aime pas qu'on me laisse tomber.

Il lança un regard hostile à Barrett.

— Je ne t'ai pas laissé tomber, je n'étais pas avec toi, rétorqua Michelle. Je suis avec lui, alors fiche le camp.

— Je ne savais pas que tu donnais dans la viande filandreuse. (« Roses rouges » se pencha par-dessus la table et projeta quasiment son visage contre celui de Barrett.) Avec une belle moustache, en plus. C'est ça que tu aimes ? (Il attrapa ensemble la lèvre supérieure et le nez de Barrett.) C'est sa petite moustache qui t'excite ?

Barrett se leva, parfaitement conscient d'avoir une bonne tête de moins que son rival.

— Dégage, lui dit-il avec amabilité.

— Mais va te raser, espèce de dégueulasse !

« Roses rouges » se redressa d'un seul coup et Barrett se demanda s'il allait recevoir un coup de poing ou un coup de pied. Ce fut un pied. Il l'empoigna au vol, et le tordit. La chute qui s'ensuivit fut savoureuse.

— On ferait bien de partir, maintenant, dit Michelle.

Un videur apparut.

Il examina tour à tour l'homme à terre et Barrett, resté imperturbable.

— Qu'est-ce qui s'est passé ? demanda-t-il avec agressivité.

— Il a trébuché, dit Michelle. C'est à cause de ces lumières, elles ne sont pas assez fortes. Vous devriez faire quelque chose. C'est dangereux, quelqu'un pourrait porter plainte un jour.

Puis, elle s'esquiva, suivie de Barrett, amusé et plutôt content. Une fois dehors, elle lui sourit.

— On peut acheter des plats à emporter et aller manger chez moi, si vous voulez.

Barrett voulait certainement.

Katie n'avait pas prévu de rentrer seule. Elle avait même promis de ne plus le faire, mais entre-temps les choses avaient changé. Après sa dispute avec Andy il n'était plus question qu'il la raccompagne chez elle, et elle était sortie en trombe de la cafétéria de la fac, d'humeur massacrante.

Une fois dehors, elle avait été tentée de se raviser en découvrant les rues quasiment désertes. Mais il était trop tard pour faire marche arrière : pas question de se ridiculiser en retournant le chercher à la cafétéria.

Au lieu de prendre le bus circulaire qui la déposait près de chez elle, dans Forest Drive, mais qu'elle devait attendre pratiquement une demi-heure, elle prit celui de Brindley, qui la laissait un peu plus haut, à proximité du rond-point.

Elle acheta son ticket et chercha une place, tandis que les portes du bus sifflaient et se rouvraient pour laisser monter un passager. C'était le dernier bus pour Brindley et les places du bas étaient presque toutes occupées. Les vitres étaient embuées et il planait une odeur alcoolisée de salle de pub. En s'asseyant, Katie entendit le bruit métallique de pas qui montaient à l'impériale.

À l'approche du rond-point, une demi-douzaine de passagers se levèrent et se dirigèrent en zigzaguant vers l'étroite sortie ; deux autres descendirent de l'impériale : un vieil homme, qui attendait patiemment au bas de l'escalier, et un autre, derrière lui, dont on ne voyait que les jambes.

Les passagers du bas se connaissaient tous. Une fois dehors, ils remontèrent la rue ensemble, en parlant fort. Le vieil homme dépassa Katie d'un pas vif, et tourna dans Sycamore Grove. Katie, elle, tourna au coin de Forest Drive et chercha des yeux le dernier passager, mais ne vit personne. Peut-être s'était-il trompé d'arrêt et n'était pas descendu.

La longue rue bordée d'arbres s'étendait devant elle. Un peu plus loin, elle tournait et descendait vers la droite. Elle était moins bien éclairée que la rue principale : par souci d'économie, les lumières n'y avaient été allumées que d'un seul côté. Le trottoir d'en face, où marchait Katie, était parsemé d'îlots d'ombre qu'il fallait traverser tels quels. En outre, l'une des lampes était en panne, ce qui n'arrangeait pas les choses.

Pour la première fois de sa vie, Katie avait l'impression que Forest Drive lui était étranger. Elle n'avait pas envie de quitter la partie éclairée. Pourtant, c'était sa rue… C'était idiot : elle n'était qu'à quelques pas de chez elle, sa mère devait l'attendre, son père aussi, probablement. Et puis Mark, qui devait être rentré de son excursion. Elle allongea le pas. Il n'était que 23 heures, beaucoup de gens étaient encore debout. Elle aurait bien aimé que leurs rideaux soient ouverts et que la lumière des fenêtres éclaire un peu le trottoir.

Elle perçut un bruit de pas discrets derrière elle. En temps normal, elle ne se serait pas inquiétée, mais ce soir-là, sans trop savoir pourquoi, elle en eut la chair de poule. Trop de signes de mauvais augure. Elle pensa, sans grande conviction, que si elle criait, quelqu'un l'entendrait forcément.

Deux maisons plus loin, les branches d'un cytise dépassaient d'un jardin, formant une voûte sombre au-dessus du trottoir. Une voiture passa, et le chat de Mrs Peeble, perché sur la barrière, s'enfuit, chassé par le halo de ses phares. Katie avait reconnu la Mini de Tim Beal. Elle regrettait qu'il ne se soit pas arrêté ; mais Tim lui faisait toujours la tête parce qu'elle ne voulait pas sortir avec lui.

Derrière elle, le bruit de pas reprit, plus proche, cette fois.

Elle accéléra la cadence. Il n'y avait pas de quoi avoir peur, elle était presque arrivée ; s'il y avait quelqu'un derrière elle, c'était sûrement un voisin qui rentrait chez lui.

Pour se débarrasser de sa peur, elle se retourna. C'était justement ce qu'il ne fallait pas faire.

Mike était en haut dans sa chambre, il écoutait Prefab Sprout, allongé sur son lit. Il ne se serait pas couché avant que sa sœur soit rentrée. C'était une chose qu'il n'aurait jamais admise devant personne, et surtout pas devant elle, mais Katie — et ses cassettes — lui avaient manqué.

En bas, Morrissey, un œil sur les informations du soir, tendait l'oreille et guettait lui aussi le retour de Katie, tandis que Margaret lisait tranquillement. Ce fut lui qui entendit du bruit, un léger bruit — comme un chien qui aurait gratté à la porte. Il se leva pour aller ouvrir. Dans le flot de lumière qui provenait du hall, il aperçut Katie à terre, le visage noir et tuméfié, les yeux comme deux prunes toutes gonflées, qui tremblait de tous ses membres.

Katie !

Le cœur serré comme dans un étau, Morrissey la souleva et la porta à l'intérieur. Il l'installa sur le tapis, sous la lumière, et s'agenouilla auprès d'elle, lui soutenant la tête d'une main, et attrapant son couteau de poche de l'autre. Margaret s'était levée et en l'entendant approcher, Morrissey se pencha sur Katie, pour qu'elle ne voie pas la corde autour de son cou.

— Appelle une ambulance ! ordonna-t-il.

— Que… ? Laisse-moi voir, dit Margaret.

— Bon sang, Margaret, dit-il avec rudesse. Une ambulance, vite !

Quand elle était petite, Katie avait eu le croup. Morrissey entendait encore l'espèce de crissement à l'intérieur des bronches et le sifflement au passage de l'air laborieusement inspiré. Margaret aussi s'en souvenait ; mais cette fois, l'impression était pire. Elle se retint de pousser son mari pour voir elle-même ce qu'il en était, et se précipita pour aller téléphoner.

Avant qu'elle ait tourné les talons, Morrissey avait déjà coupé le nœud autour du cou de Katie. Ni lui ni Margaret n'avaient remarqué Mike, qui avait observé toute la scène du haut de l'escalier, et s'était mis à trembler sous l'emprise du choc.

Barrett avait un peu progressé.

Les restes d'un dîner chinois à emporter étaient encore sur la table ; Michelle et lui se prélassaient, confortablement installés sur un tapis, en face du chauffage. Le fait que Barrett ait réussi à se débarrasser de quelqu'un de plus grand et de plus lourd que lui semblait avoir impressionné la jeune femme, et il avait bien l'intention de poursuivre sur cet avantage. Avec une apparente décontraction, il concentrait ses efforts à défaire les boutons du chemisier de Michelle. Il n'apprécia donc que très modérément d'être dérangé dans cette entreprise par le son pénétrant de son beeper. Rien ne pouvait avoir tant d'importance, pensa-t-il. Il rappela. Pendant ce temps Michelle reboutonna son chemisier, et il sut ce qu'Hercule avait dû ressentir.

15

— Il faut que je la voie, disait Morrissey.

— En tant que père ou en tant que policier ? rétorqua Lambert, qui n'avait pas l'intention de se laisser intimider. Parce que Katie n'est pas en état de subir des questions. Allez-y donc, Mrs Morrissey, dit-il à Margaret avec un sourire charmant, pendant que j'essaie de convaincre votre mari.

Margaret jeta un regard oblique à son mari et ne se le fit pas dire deux fois. L'idée que sa fille s'était fait agresser pendant qu'elle était en train de lire tranquillement faisait peser sur sa conscience un douloureux sentiment de culpabilité, si peu fondé que personne ne l'avait remarqué.

Derrière elle, elle entendit Lambert qui disait :

— Les tissus superficiels sont atteints et elle souffre de nombreuses contusions, mais cela guérira. Le larynx, c'est autre chose. La compression a provoqué une hémorragie interne. Impossible de dire si les cordes vocales ont été abîmées avant que la congestion et le gonflement aient disparu. Ce dont je peux vous assurer, c'est qu'il n'y a aucune chance qu'elle sorte ne serait-ce qu'un couac, ce soir. Et même si elle n'était pas en état de choc, je le lui interdirais.

— Un signe de tête ou de la main me suffirait, insista platement Morrissey.

— Non. Et de toute façon, je lui ai donné un sédatif, rétorqua Lambert. Je regrette. Voyez-la en tant que père, mais laissez le policier dehors.

La salle d'attente était petite, avec seulement une demi-douzaine de chaises et quelques journaux écornés sur une table basse. Mike, que l'on avait oublié là, remua un peu dans son coin et toussa.

— Oui, Mike ? lui dit son père.

— Je peux voir Katie ? *S'il te plaît* ?

Il y avait une légère note de panique dans sa voix. Morrissey remarqua aussi sa pâleur et ses yeux rougis. Il se souvint que Mike avait vu Katie au plus mal. Morrissey se débarrassa mentalement de son habit de policier et dit à Lambert :

— En tant que père. Rien d'autre pour ce soir.

Lorsque Morrissey ramena sa femme et son fils chez eux ce soir-là, il y avait des lampes à arc installées un peu partout dans la rue, et presque toutes les lumières s'étaient rallumées dans les maisons des alentours. Les policiers avaient enquêté au porte à porte, et effectué tous les relevés possibles sur la route et le trottoir.

La silhouette de Barrett se détacha d'un groupe et se dirigea rapidement vers la voiture de Morrissey. Margaret abaissa sa vitre. Il se pencha à l'intérieur, l'air soucieux.

— Ils en ont fini avec les recherches devant chez vous, leur dit-il, vous pouvez y aller. Comment va Katie ?

— Elle s'en tirera, dit Morrissey brièvement. J'arrive dans une minute.

Barrett recula pour laisser passer la voiture, recueillant au passage un sourire las de Margaret.

Morrissey accompagna sa femme et son fils à l'intérieur de la maison, les lumières s'allumèrent, puis Morrissey ressortit, marchant à grands pas, ses longs bras pendant de chaque côté, comme chaque fois que les choses risquaient de lui échapper. Il rejoignit Barrett pour assister à la suite des recherches. Bien que l'on fût en avril, il avait gelé trois nuits durant et le sol était tout blanc. Il sentit le froid lui saisir les doigts et enfouit ses mains dans ses poches.

— On a trouvé quelque chose ? demanda-t-il d'un ton brusque.

— Pas vraiment, dit Barrett. Il semble qu'il y ait eu un peu de bagarre deux maisons avant la vôtre, à l'endroit où l'arbre dépasse du mur. Il y a des brindilles par terre, comme si quelqu'un s'était agrippé aux branches.

Katie avait-elle essayé d'arracher une branche pour se défendre ?

— S'il l'a agressée à cet endroit, poursuivit Barrett, elle a dû ramper après, sur le gravier, jusqu'à votre porte.

Non, pensait Morrissey, elle n'aurait pas pu. Pas aussi loin.

— Il y a des traces sur la pelouse, comme si on avait tiré quelque chose.

— Chez moi ? demanda Morrissey.

— Oui.

Barrett l'emmena voir. Malgré la couche de givre, on apercevait encore la partie abîmée. L'herbe était couchée sur une assez longue distance. Katie avait-elle vraiment essayé de rejoindre la maison ? Était-ce là qu'elle s'était blessée aux jambes, sur les gravillons acérés, juste après la pelouse ?

« *Après le silence gelé des jardins, après les souffrances en des lieux désolés...* »

Le temps d'un éclair, les vers d'Eliot lui traversèrent l'esprit.

— Il l'a traînée ! explosa-t-il d'un seul coup. Bon Dieu, Neil, il l'a traînée jusqu'à la maison et il l'a laissée là ! C'est l'arrière de ses jambes qui était égratigné, pas ses genoux.... Le salaud, il savait que c'était ma fille !

Barrett ressentit le choc qu'éprouvait Morrissey. Il se débattit avec ce nouvel aspect des choses.

— Dans ce cas, il en sait beaucoup sur vous, dit-il. Pas seulement votre nom. Appleby avait les moyens de savoir ce genre de choses, reprit-il d'un ton convaincu ; il avait les contacts nécessaires.

Et Nolan, pensa Morrissey ? En avait-il les moyens, lui ? Un petit malin, qui aurait pu consulter les listes électorales...

Mais Barrett ne voulait pas en démordre :

— J'ai envoyé une voiture de patrouille chez Appleby. Sa Sierra était dans l'allée et le capot était encore chaud.

Il s'attendait quand même un peu à ce que Morrissey l'envoie balader ; c'est ce qui arriva.

— La moitié des voitures à Malminster doivent avoir le capot encore chaud à cette heure-ci, dit-il.

Enfin merci quand même. C'est bien d'y avoir pensé.

— Nolan ne travaille pas de nuit en ce moment, reprit Barrett. J'ai aussi envoyé une voiture chez lui, mais la maison était plongée dans l'obscurité. Il était peut-être au lit, ou en ville. J'ai dit au gars de la patrouille de tourner encore un peu.

— Et alors ?

Barrett haussa les épaules.

— Le contrôle l'a envoyé sur un cambriolage.

Les pensées de Morrissey revinrent à sa fille. Lorsqu'il avait quitté l'hôpital, elle dormait profondément. Sa respiration était bruyante. Lambert ignorait si sa gorge allait désenfler. Dans le cas contraire, il faudrait pratiquer une trachéotomie. Katie ne supporterait jamais d'avoir à vie une cicatrice sur la gorge, qui lui rappellerait toujours ce fou qui l'avait agressée. Possédait-elle le minuscule indice qui lui permettrait de clore l'enquête ? Elle était la seule à avoir vu son agresseur et à avoir survécu. Elle pourrait sûrement leur dire quelque chose sur lui. Lorsqu'elle serait capable de parler. *Si elle en était capable à nouveau.* Morrissey soupira. Le mieux à faire pour le moment, c'était de la laisser sous bonne garde. Une femme policier, en l'occurrence, veillait sur elle.

On commençait à éteindre les lampes à arc.

Morrissey se sentit subitement las.

— Vous avez fait du bon travail, dit-il à Barrett. Je vous verrai demain au bureau. Bonsoir.

En rentrant chez lui, il lui vint la désagréable pensée que l'enquête pouvait à présent lui être retirée. Osgodby pouvait arguer du fait que Morrissey se trouvait maintenant personnellement impliqué dans l'affaire.

À cette idée, il se sentit redoubler de rage.

Il ne dormit pas bien et se réveilla avec un goût aigre dans la bouche, et d'une humeur tout aussi amère. La lumière du jour filtrait autour des rideaux et le réveil marquait 6 h 30. Margaret dormait encore mais lorsqu'il se glissa hors du lit, elle ouvrit les yeux et le regarda en clignant des paupières.

— Je t'apporte une tasse de thé, lui dit-il. Reste au lit.

— Pas longtemps. Je veux retourner voir Katie.

— Il y a Mike, aussi. Ne l'oublie pas.

— Il peut aller chez Martin. Je vais les appeler pour arranger ça.

— Peut-être qu'il n'en aura pas envie, objecta doucement Morrissey. On ne peut plus le faire garder comme un bébé. Il faut le laisser décider lui-même.

Le visage de Margaret parut sur le point de se décomposer.

— Je veux le savoir en sécurité, dit-elle.

— Il le sera. Fais-lui confiance.

— Je lui fais confiance, répondit amèrement Margaret. C'est ce foutu monde dans lequel je n'ai plus confiance. Bon, allez, je vais mettre la bouilloire à chauffer.

Elle se leva, passa sa robe de chambre et serra sa ceinture avec irritation, puis se donna un coup de brosse et sortit rapidement de la chambre. Morrissey la laissa, sachant qu'il lui fallait d'une manière ou d'une autre épancher sa colère, avant que celle-ci ne s'installe trop et ne la dévore en profondeur.

Et puis, il y avait également dans tout cela des restes de l'année précédente, les séquelles psychologiques des meurtres de Little Henge.

Il s'installa dans la salle de bains, disposant devant lui son matériel de rasage. Il y avait autre chose, aussi, quoique Margaret ne le lui dirait jamais de vive voix : qu'il avait échoué, en quelque sorte ; lui, un gardien de l'ordre public, aurait au moins dû empêcher le mal de frapper sa famille. Mais c'était une idée illusoire, car il ne pouvait pas être toujours là pour les protéger. Il n'existait aucun parapluie magique pour les protéger à tout jamais de la pluie.

Pendant qu'il se rasait, il entendit le petit « clic » du téléphone qu'on décrochait. Margaret appelait sans doute l'hôpital. Lorsqu'il eut entendu le second clic, il descendit, à moitié rasé. La tension sur le visage de Margaret avait un peu disparu.

— Les nouvelles sont bonnes ? demanda-t-il.

Elle lui fit oui de la tête.

— État stationnaire. Ils n'ont pas eu besoin d'opérer. (Morrissey remercia mentalement un dieu auquel il affirmait ne pas croire et Margaret reprit :) On a eu de la chance, non ? que Katie soit toujours en vie… Je ne veux même pas penser à ce que ça aurait pu être.

— Vaut mieux pas, répondit Morrissey d'un ton bourru. Ça va aller, maintenant.

Il se pencha pour l'embrasser, mais Margaret recula.

— Tu es plein de mousse, lui dit-elle avec un sourire.

Il quitta la maison à 7 h 30, et se rendit d'abord à l'hôpital.

Un pansement blanc recouvrait la gorge de Katie, à l'endroit où la cordelette avait mordu dans la chair. Des marques bleu rouge en dépassaient encore et lui montaient jusqu'au visage — de petites hémorragies sous l'épiderme provoquées par la rupture des capillaires.

À l'arrivée de son père, la femme policier s'excusa avec tact et sortit.

Katie était pâle. Elle avait soudain l'air très jeune, et Morrissey eut envie de la prendre dans ses bras comme il le faisait quand elle était petite. Mais elle n'apprécierait sans doute pas. Cela ne ferait qu'offenser chez elle l'adulte qui émergeait à peine. Morrissey se contenta de s'asseoir sur son lit et lui prit la main dans les siennes.

Katie esquissa un sourire et remua les lèvres, mais aucun son ne sortit de sa bouche. Morrissey vit une lueur d'effroi passer dans son regard.

— Ça va aller, lui dit-il. Il n'y aura pas de séquelles. Dans quelques jours, tu pourras me hurler dessus aussi fort qu'avant. Promis. (Katie parut rassurée.) Écoute, si jamais tu te souviens de quelque chose sur ce type, reprit-il, n'importe quoi, écris-le et donne-le au policier qui est avec toi. (Katie fit oui de la tête, mais cela aussi lui faisait mal. Morrissey se leva.) Je te laisse, maintenant ; ta mère viendra te voir dès qu'elle se sera occupée de Mike. Je reviendrai plus tard.

Il l'embrassa sur le front, lissa un peu le tapis dru de ses cheveux et sortit.

La jeune femme policier s'était placée à un endroit stratégique, au bout du couloir. Lorsque Morrissey sortit de la chambre, elle accourut rapidement.

— Donnez à ma fille du papier et un stylo, lui dit-il ; si elle se souvient de quelque chose, je veux être tenu au courant immédiatement. Assurez-vous que l'agent qui vous relève en fait autant. Merci.

Il attendit que la jeune femme soit rentrée dans la chambre, puis reprit le labyrinthe de l'hôpital jusqu'à la sortie, où l'attendait sa voiture.

Katie n'était sans doute pas encore capable de confronter sa mémoire au souvenir de son agresseur. Morrissey avait l'intention de lui en reparler après en avoir discuté avec Lambert, lorsqu'il serait certain de ne lui faire aucun mal en l'interrogeant. Mais elle le surprit bel et bien. Un peu avant 9 heures et demie, alors qu'il se rendait à une convocation d'Osgodby, on l'appela au téléphone.

— Un message de votre fille, lui annonça dans le combiné la voix un peu essoufflée de la jeune femme qui gardait la chambre de Katie. Elle a écrit : « Dites à papa qu'il sentait comme un vieux cendrier. »

Morrissey repensa immédiatement à l'odeur de tabac un peu rance, dans le bureau d'Appleby. Il avait même ouvert la fenêtre pour aérer.

— Dites à Katie que cela m'aide beaucoup. Ça pourrait correspondre à quelqu'un que nous avons à l'œil. Prévenez-moi s'il y a autre chose.

Trop de détails à présent désignaient Appleby, pensa Morrissey en raccrochant. Il se tourna vers Barrett, l'air pensif.

— Prenez quelqu'un avec vous, et allez demander à Mr Appleby s'il veut bien être assez aimable de venir ici pour répondre à quelques questions.

Barrett se leva précipitamment.

— Et s'il n'est pas d'accord ?

— Forcez-lui la main, répondit Morrissey, qui s'apprêtait à sortir.

Le téléphone sonna de nouveau. Barrett décrocha.

— Pour vous, dit-il à Morrissey, d'un air hésitant. Un type qui aurait des informations, mais seulement pour vous. Il a l'air mal en point, comme s'il avait du mal à respirer.

Morrissey revint sur ses pas avec un soupir et prit le combiné.

— J'aurais pu la tuer si j'avais voulu, entendit-il. (La voix était épaisse et rauque.) Là-bas, sur le pas de votre porte.

— Je ne vois pas de quoi vous parlez, répondit Morrissey.

En même temps, il couvrit le combiné et donna l'ordre silencieux de localiser l'appel. Barrett sortit au trot. Morrissey, repoussant l'image de Katie de son esprit, se força à prendre une voix neutre. Il serait toujours temps de se mettre en rage une fois la conversation terminée.

Il entendit un rire grinçant à l'autre bout du fil.

— Que si, vous savez. Vous voulez peut-être que je vous dise où je suis ? Ça vous évitera de chercher.

— Écoutez…

— Non, *vous*, écoutez ! Évidemment que vous voudriez savoir où je suis ! Mais je ne serais quand même pas assez bête pour vous le dire, hein ? Faites gaffe, Morrissey. Votre fille, elle a eu de la chance, mais si un jour je dois tomber sur votre femme… Elle vous manquerait, hein ? Enfin, réfléchissez. Je ne serai pas gentil comme ça deux fois.

Gentil. Elle vous manquerait. Morrissey tressaillit.

— Discutons de vive voix, dit-il. Où vous voulez. Je viendrai seul, si c'est ce que vous souhaitez.

— Ah, ah, on fait de son mieux pour me garder le plus longtemps possible au téléphone, hein ? Écoutez, recommencez une fois vos conneries à la télé, à venir raconter que je suis un lâche et je ne sais quoi encore, et bon sang, vous regretterez de ne pas avoir tenu votre putain de langue. Ça ne tient qu'à vous, Morrissey. Sinon, ça fera une salope de moins, c'est tout.

La communication fut coupée.

Barrett revint en secouant la tête.

— Pas assez de temps, dit-il. Qu'est-ce que ça valait ?

Morrissey le fixa de ses yeux d'agate, durcis par la colère.

— Ç'a été enregistré, au moins ?

Barrett fit oui de la tête et attendit.

— S'il faut l'en croire, c'était le tueur, dit Morrissey, l'œil sombre.

— Appleby ?

— Comment bon Dieu voulez-vous que je le sache ? aboya Morrissey. C'est ce qu'il faudra découvrir une fois que vous l'aurez amené. Alors, allez-y !

16

Osgodby se rongeait les sangs derrière son bureau. Il pivota sur sa chaise et attrapa la cafetière derrière lui. Morrissey accepta son offre en silence. Une petite tasse, ce n'était pas bon signe. Une grande tasse, de la part d'Osgodby, était un gage de camaraderie. Les petites tasses, elles, étaient réservées aux personnalités importantes, ou bien aux condamnés.

— Racontez-moi ce qui s'est passé hier soir, dit-il à Morrissey en s'accoudant sur son bureau.

Morrissey choisit de se montrer prudent.

— Katie a été agressée en rentrant à la maison. Elle est à l'hôpital, mais elle se remet. Il y a de bonnes raisons de penser qu'il s'agit de notre type. Si c'est le cas, ce pourrait être sa première erreur.

Osgodby tendit l'oreille.

— Vous avez du nouveau ?

— J'espère en avoir dès que Katie sera capable de parler. Nous avons déjà une indication importante. (Il lui parla du message de Katie, et lui annonça qu'Appleby serait de nouveau entendu.) Mais il ne faut pas en tirer trop de conclusions. Je ne suis pas personnellement convaincu de la culpabilité d'Appleby ; mais trop d'indices le désignent à présent pour que je les ignore.

Lorsqu'Osgodby tambourinait sur son bureau et se mordait la lèvre, c'était signe de stress.

— John… commença-t-il.

— Nous progressons, le coupa Morrissey avec opiniâtreté.

Il rechignait à lui faire part du coup de fil qu'il venait de recevoir, et pourtant, il le fallait. La réaction d'Osgodby fut bien celle qu'il attendait. Il cessa de tambouriner sur le bureau. Il prenait ses distances.

— Une vengeance personnelle est hors de question, John. Trop de gens se souviennent des lettres et des enregistrements bidons de l'affaire Ripper. On ne peut absolument pas se permettre de prendre la mauvaise direction.

— Si j'abandonne l'enquête maintenant, ça n'arrangera rien, dit Morrissey. On a fait perdre son sang-froid à ce type, et ça, c'est toujours bon. (Il se pencha et se retrouva pratiquement à la même hauteur qu'Osgodby.) L'important, c'est d'avoir un échantillon de voix ; bidon ou pas, c'est quelqu'un qui est au courant de ce qui s'est passé la nuit dernière. Le fait que ce soit arrivé à Katie ne va sûrement pas obscurcir mon jugement. Vous me connaissez suffisamment pour savoir ça.

— Et vous, vous connaissez le règlement, John.

— Oui. Je sais qu'on peut l'adapter à la situation.

— Ce qui veut dire, répondit Osgodby un peu vexé, qu'il faudrait clarifier les choses auprès du directeur, par des rapports détaillés et fréquents.

— Si c'est le prix, acquiesça Morrissey humblement.

Osgodby l'observa d'un œil suspicieux. Un Morrissey à ce point disposé à se laisser convaincre, c'était du jamais vu. C'était aussi très déroutant. Il se mit à remuer des papiers sur son bureau.

— Bon ; je vous tiendrai au courant, conclut-il.

Morrissey sut qu'il avait gagné au moins une bonne partie de la bataille, car Osgodby n'aurait sûrement pas aimé faire appel à quelqu'un d'extérieur à la division ; et à l'intérieur, personne n'avait assez d'expérience pour reprendre cette affaire.

Hormis Osgodby lui-même.

C'est ce qui lui fut rappelé un moment plus tard, lorsqu'il eut regagné son bureau et que le téléphone sonna.

— À propos d'Appleby, lui dit Osgodby. Prévenez-moi quand il sera là ; je tiens à assister à l'interrogatoire. Vous n'avez pas d'objections, je pense ?

Si, pensa Morrissey. Et pas des moindres. Mais il n'en dit rien…

Appleby n'opposa aucune résistance. Morrissey y lut comme un bon signe, et se demanda ensuite pourquoi il s'était laissé aller à une telle pensée. L'objectif était de prouver sa culpabilité, non pas de rechercher les signes de son innocence. Il se plaça à côté de lui dans la salle d'interrogatoire, le nez à l'affût. Appleby ne dégageait qu'une faible odeur de tabac. Très faible. Rien de comparable à un vieux cendrier.

Ils se trouvaient dans la plus grande des trois salles d'interrogatoire. Osgodby avait déjà choisi sa place, à côté de la table, légèrement en retrait. Barrett avait approché une chaise sur la gauche, et installait le magnétophone.

Appleby fit le tour de la pièce du regard. Son expression était neutre.

— Si vous voulez bien vous asseoir, monsieur, lui dit Morrissey. Vous pourriez nous aider à éclaircir plusieurs points.

Appleby s'assit et rétorqua avec une moue désabusée :

— Aider la police. C'est très intimidant, et plutôt accablant.

— Vous êtes ici de votre plein gré, dit Morrissey. L'inspecteur Barrett vous a bien précisé que vous pouviez réclamer la présence de votre avocat.

— En effet, répondit Appleby. Je garde ce droit en réserve pour plus tard. Moins on saura que je suis ici, mieux cela vaudra.

— Dans ce cas, voyons si nous pouvons régler cela entre nous. Redites-nous, s'il vous plaît, où vous vous trouviez le 5 février, le 18 mars et le 9 avril derniers. Commençons par le 5 février. Vous aviez pris un jour de congé parce que votre femme était malade. Êtes-vous resté chez vous toute la journée ce jour-là ?

Appleby soupira et entreprit de répéter son récit.

— Non. Ma femme avait la grippe et elle a passé la journée au lit. L'après-midi, je suis allé à la bibliothèque rapporter des livres pour elle. Sur le chemin du retour, je me suis arrêté pour acheter des fleurs. Ça la remonte toujours. Entre-temps, j'ai fait la cuisine ; enfin, c'est beaucoup dire, disons que j'ai fait chauffer quelques boîtes.

— Mais étiez-vous chez vous ce soir-là ?

— J'avais une réunion au Rotary Club. Gwen a insisté pour que j'y aille. Comme elle se sentait mieux, je ne voyais pas pourquoi je n'y serais pas allé.

— À quelle heure êtes-vous rentré chez vous ?

— Aux environs de 23 heures.

— Et où ont lieu les réunions du Rotary Club ?

— À Beechwood House.

— Dans Beechwood Park ? (Appleby acquiesça d'un signe de tête.) Une jeune fille a été assassinée près de Beechwood House, ce soir-là, reprit Morrissey.

— Je sais, mais nous n'avons rien entendu. Avec les fenêtres fermées, on n'entend rien dans les salons. C'est ce que nous avions expliqué à ce moment-là. Nous avons tous été interrogés. Vous devez avoir les comptes rendus quelque part.

— Très bien. Revenons au 15 mars. Vous étiez

à une conférence sur les ventes à Durham, c'est bien cela ?

— Oui. Je suis parti de chez moi le matin à 6 h 30 et je suis rentré vers 23 heures. J'avais prévu de rentrer plus tôt, mais j'ai dû changer une roue.

— Vous avez pris la A1 ?

— Et la A1M. Même chose au retour.

— Vous êtes rentré directement chez vous ?

Il y eut une pause.

— Je m'arrête quelquefois sur la route du retour, pour acheter un plat chinois à emporter, reconnut Appleby à contrecœur. C'était le cas, ce soir-là. (Il fixa un moment Morrissey.) Chez Kow-Loon.

— Diane Anderson a été tuée ce soir-là, entre 22 heures et minuit, sur un terrain vague situé derrière le cinéma, dit Morrissey. Vous voyez où je veux dire : là où se trouvait la rangée de maisons mitoyennes. Elles ont été abattues pour que soit construite une piste de skateboard. Pour le moment, il n'y a que des ruines et de la mauvaise herbe. Ce n'est pas un bel endroit pour mourir.

— Je n'ai rien à voir là-dedans.

— Kow-Loon est juste à côté.

— Je n'ai rien à voir là-dedans.

— Et le 9 avril, entre 13 h 30 et 14 h 30, où étiez-vous ?

— Dans Malminster. Je cherchais un cadeau à acheter.

— Vous avez trouvé ?

On lisait à présent quelque chose de très proche de l'aversion dans le regard d'Appleby.

— Non, répondit-il.

— Il y a dix minutes à peine, de chez Crowther's au terrain communal. Vous êtes sûr que vous n'êtes pas rentré chez vous ce jour-là ?

— Certain.

— Vous ne vous êtes pas non plus garé quelque part à proximité du terrain communal ?

— Mais je me serais fait tremper jusqu'aux os ! aboya Appleby. Il tombait des cordes.

— En effet. Cela vous a-t-il inquiété lorsque vous avez vu le parapluie dévaler la pente ?

— Quel parapluie ?

— Seriez-vous surpris si je vous disais qu'une Sierra comme la vôtre a été aperçue à proximité du terrain ?

— Non, franchement, non. Il y en a des tas par ici.

— Vous connaissiez les trois jeunes filles assassinées, Mr Appleby. Susan Howarth, Diane Anderson et Gail Latimer. Et vous étiez dans les parages au moment de chacun des trois meurtres.

— Mais je n'étais absolument pas du côté du terrain communal !

— Nous n'avons que votre parole là-dessus.

— Il faudra vous en contenter.

— Gail Latimer avait un petit ami du nom de Rob. Votre deuxième prénom est Robert. Cela fait beaucoup de coïncidences.

— Je crois que j'aimerais bien voir mon avocat, maintenant, dit Appleby.

— Comme vous voulez, dit Morrissey, mais j'aimerais vous poser encore une question. Où

étiez-vous la nuit dernière, entre 22 h 30 et
23 h 30 ?

— Mon avocat, répéta Appleby. Il s'appelle
Graham Standing. J'aimerais le voir, si vous voulez bien.

17

— Ce que nous avons suffit pour l'inculper, dit
Osgodby.

Morrissey dut admettre qu'il avait raison.

— Mais ce ne sont que des preuves indirectes,
objecta-t-il, ça ne me plaît pas. Si on pouvait déter-
miner un mobile, quelque chose d'un peu moins
aléatoire que le fait qu'il s'appelle Robert, ça me
plairait beaucoup plus. Mais il n'y a rien.

— Et la Sierra, près du terrain ? demanda
Osgodby.

— Quelle Sierra ? dit Morrissey. J'ai dit ça juste
pour lui faire peur, mais ça n'a pas marché.

— Si on l'inculpe, ça le fera peut-être parler, dit
Barrett d'un ton maussade, en tournant et retournant son crayon entre ses doigts. Sauf qu'à partir
de maintenant, il aura son avocat avec lui.

— Standing joue au golf et il n'est pas encore
là, précisa Morrissey. Pour l'instant, Appleby est
suspect et, à moins d'avoir du nouveau, je pense
que c'est suffisant.

— Soit, convint Osgodby. C'est encore votre

enquête, Morrissey, et personne ne peut dire que vous penchez d'un côté ou de l'autre.

Morrissey ne laissa rien paraître de ce qu'il pensait. Osgodby n'avait pas besoin de savoir que s'il avait vraiment eu une forte intuition de la culpabilité d'Appleby, il pencherait fortement de son côté. *Très fortement*, même.

— Et l'autre type, dit Osgodby, Nolan — le beau-père de Gail Latimer, c'est ça ?

— Son père adoptif, corrigea Morrissey. Il a aussi pu faire le coup ; il a un vélo, et je pense qu'il peut quitter son lieu de travail sans se faire remarquer, surtout à la relève de nuit. Quant au mobile, c'est différent. On sait qu'Appleby connaissait les trois filles. Pour Nolan, la seule dont on soit sûr, c'est Gail Latimer. Si les médias annonçaient que la police recherche un homme du nom de Rob, je pense que ça pourrait aider. Enfin, le truc habituel : en leur faisant croire que c'est pour pouvoir l'écarter de l'enquête.

— Ce n'est pas un peu tard ? dit Barrett.

— Quelqu'un à Malminster a peut-être vu Gail Latimer et ce fameux Rob ensemble. Si c'est le cas, il faut que cette ou ces personnes se manifestent.

Cette réponse sembla apaiser un peu Barrett.

— Bien, je ferai passer la consigne, dit Osgodby, et j'annoncerai aussi que nous détenons un homme en vue de l'interroger. Histoire de calmer un peu les esprits.

Combien de temps Graham Standing, l'avocat d'Appleby, mettrait-il pour en finir avec son parcours de golf et les rejoindre ? Morrissey tenta d'ignorer son intime conviction que de toute façon cela n'avait pas grande importance.

Il était presque 13 heures lorsque Standing se présenta au poste et demanda à voir son client seul. Entre-temps, Morrissey était retourné à l'hôpital, où il avait retrouvé Margaret, qui y semblait déjà très à son aise. Il avait déposé à sa fille une liste de questions auxquelles elle pouvait tenter de répondre, « en y allant tout doucement, avait-il précisé à la jeune femme de garde, qu'elle prenne bien le temps de se souvenir ».

Ce ne pourrait être très rapide, de toute façon, puisque Katie était encore obligée d'écrire ses réponses.

De retour dans son bureau, Morrissey avait déjeuné d'un sandwich œuf bacon qui lui resta sur l'estomac, tandis que Barrett était encore à la cantine.

Le téléphone sonna. C'était Matthew Haines.

— J'ai pensé qu'il fallait que je te prévienne que la gamine des Nolan avait été changée d'école, lui annonça-t-il avec empressement.

— Ingérence ? demanda Morrissey en se redressant dans son fauteuil.

— Je ne sais pas, mais le toubib de l'école a fait une petite réunion avec l'éducatrice, et j'ai appris ce matin que Tracy ne relevait plus de mon secteur scolaire. L'éducatrice s'appelle Carol Philips, du bureau de Queen Street, si tu veux discuter avec elle. À part ça, comment vont tous tes problèmes ?

— Ils se compliquent, rétorqua Morrissey. Merci Matt, à charge de revanche.

— Pas de quoi. Ah tiens, on a tout le temps des graffiti obscènes sur les murs extérieurs, particulièrement les lundis matin…

Morrissey fit la grimace.

— Je ferai patrouiller un de mes gars, lui promit-il néanmoins.

Il raccrocha le téléphone en soupirant. Aussitôt, la sonnerie retentit de nouveau. On l'informait qu'Appleby était prêt pour un autre entretien.

Cette fois, Graham Standing était là, et lorsque Barrett mit le magnétophone en marche, il annonça d'un ton ferme et formel :

— Mon client n'a aucune obligation légale de vous donner quelque information que ce soit. Il estime d'ailleurs vous avoir d'ores et déjà fourni toute l'aide possible.

— Garder le silence pourrait être mal interprété, répondit Osgodby.

— D'après ce que m'a dit Mr Appleby, rétorqua Standing, il ne semble pas avoir particulièrement abusé de ce privilège.

— Nous avons pratiquement fait le tour de la question, dit Morrissey. Il n'y a qu'une chose à laquelle Mr Appleby ait refusé de répondre. J'aimerais toujours savoir où il se trouvait la nuit dernière entre 22 heures et minuit. (Standing regarda son client, qui secoua la tête.) Il semble que cela pose un problème, reprit Morrissey. Si sa présence dans un lieu particulier se trouvait confirmée, cela nous éviterait à tous bon nombre de tracasseries.

— Savoir où je me trouvais ne vous apporterait rien, inspecteur, dit Appleby. Je suis désolé de ne pouvoir vous aider plus. À présent, j'aimerais vraiment rentrer chez moi.

— J'ai bien peur que ce soit impossible, dit Morrissey sur le ton du regret. Vous en avez été officiellement informé ce matin, avant notre premier entretien : nous sommes en droit de vous retenir pendant que l'enquête continue. En raison de la gravité des chefs d'inculpation qui pourraient peser sur vous, il nous faut exercer ce droit. À moins bien entendu que vous puissiez fournir un alibi en ce qui concerne la soirée d'hier.

— Ce n'est pas à Mr Appleby de fournir des preuves de son innocence, intervint Standing vivement, mais à vous de prouver sa culpabilité.

— Exactement. C'est la raison pour laquelle votre client sera retenu en garde à vue le temps que nous poursuivions l'enquête.

Appleby avait l'air secoué. Son visage avait perdu ses couleurs.

— Dites-moi, Graham, demanda-t-il comme s'il cherchait à se rassurer, je n'ai pas été arrêté ?

— Ils ont le droit de vous retenir pour d'autres interrogatoires, répondit l'avocat.

— Gwen ne va pas savoir quoi faire.

— Elle peut venir passer la nuit chez nous.

— La nuit ? (Appleby avait haussé le ton.) Enfin, bon Dieu, vous n'êtes quand même pas en train de me dire que je suis coincé ici jusqu'à demain matin ?

— Dites-nous ce que vous faisiez hier soir entre

22 heures et minuit et il est possible que nous vous relâchions, proposa Morrissey.

Appleby fixa un point sur le mur, au-dessus de la tête de Morrissey, et déclara d'un ton neutre :

— Je n'ai rien d'autre à dire.

À 14 heures, la radio annonça qu'un homme était interrogé dans le cadre de l'enquête sur le meurtre des trois jeunes filles de Malminster. La police demandait également à un certain Rob, un ami intime de Gail Latimer, de se manifester. Une autre information fut également rendue publique, à la grande fureur d'Osgodby : tout Malminster venait d'apprendre que « l'arme » du crime consistait en une tresse de trois ficelles de jardin. Tout cela fut répété au journal télévisé et repris par les journaux du soir.

Il était coincé dans un ralentissement, sur Middlebrook Road, quand il entendit les informations. Il avait pris l'habitude d'écouter la radio en conduisant, et de plus en plus depuis qu'on parlait de lui aussi souvent. Ça l'amusait tellement de savoir qu'ils avaient attrapé le mauvais type. Il se mit à rire, à rire, à tel point qu'il fut obligé de s'arrêter sur le bord de la route pour se calmer. Puis il entendit la suite des informations, et tout d'un coup la colère s'empara de lui. Ils n'avaient pas le droit de dire ça, de dévoiler *sa* méthode, comment il faisait ; c'était une affaire entre lui et Morrissey. Exposer tout ça publiquement, c'était donner l'occasion à n'importe quel apprenti de s'essayer à la tâche.

Il tourna violemment à droite, coupant la route à une voiture qui arrivait en face et qui le klaxonna avec force décibels. Il passa le bras par la fenêtre ouverte et fit un geste obscène.

Une fois dans le secteur des grands ensembles de Coronation, il appela Morrissey de la seule cabine qui se trouvait en état de marche, et l'injuria pour s'être trompé de coupable.

En proie à un violent sentiment d'injustice, Morrissey sentit monter en lui une colère froide, totalement dépourvue de passion. Il réussit à prolonger la conversation suffisamment longtemps pour localiser l'appel. Lorsqu'une voiture de la police arriva quelques instants plus tard, la cabine jaune et noire était vide et le combiné pendait au bout de son fil.

Trois adolescents traînaient en face, à côté de l'arrêt de bus. Le policier leur demanda s'ils avaient vu l'homme qui venait de téléphoner, et ils firent oui de la tête. Par où était-il parti ? Ils lui indiquèrent la direction opposée, et dès que la voiture de police eut disparu, sortirent un spray de peinture rouge et se mirent à décorer l'abribus de mots de cinq lettres.

Morrissey était perturbé par la conversation téléphonique qu'il venait d'avoir. Cette fois, ils avaient réussi à tout enregistrer depuis le début et, pour la première fois, il parvenait à se faire une légère idée de l'homme qu'il recherchait. *Si* celui qui téléphonait et le tueur ne faisaient bien qu'une seule et même personne…

Il ne pouvait plus se contenter d'intuitions, pas avec Osgodby qui regardait constamment par-dessus son épaule. Jusqu'à ce qu'il y ait du nouveau, il fallait rester extrêmement méthodique.

Katie s'était souvenu que son agresseur portait des gants de caoutchouc jaunes, et cette information avait rendu possible l'obtention d'un mandat de perquisition pour la maison des Appleby.

— Des gants de caoutchouc, comme il y en a dans toutes les cuisines, avait grommelé Morrissey avant d'entamer la fouille minutieuse de la maison.

Effectivement, à eux deux, Barrett et lui en trouvèrent six paires chez Appleby. L'exercice apparut inutile à l'inspecteur en chef. Mais Barrett, qui en avait découvert une paire dans la remise, à côté d'une bobine entamée de ficelle de jardin verte, n'était pas de cet avis.

Quant à Gwen Appleby, elle était en larmes. Morrissey remercia le ciel d'avoir pensé à amener une femme policier avec eux. Lorsqu'ils eurent terminé, se rappelant ce qu'avait proposé Graham Standing, il appela l'avocat et s'assura qu'elle ne passerait pas la nuit seule.

Il était presque 20 heures lorsqu'il retourna à l'hôpital. Katie avait encore les yeux rouges, et le seul fait d'avaler sa salive était de toute évidence un calvaire : à chaque fois que le besoin s'en faisait sentir, elle portait les mains à sa gorge, comme pour tenter de soulager la douleur.

— Je le trouverai, Katie, je te le promets, dit Morrissey.

Elle attrapa son bloc et son crayon, et il attendit patiemment pendant qu'elle lui gribouillait quelque chose. Puis elle lui tendit la feuille.

« Tim Beal est passé dans sa Mini » lut-il.

— Dans Forest Drive ?

Katie acquiesça et se remit à écrire.

« Une minute avant », lut-il cette fois.

Il soupira et se pencha pour embrasser sa fille.

— Tu es une maligne, toi, lui dit-il doucement. Bon, je vais aller parler à ce jeune Tim. S'il n'avait pas un petit coup dans le nez ce soir-là, il devrait avoir vu quelqu'un derrière toi. À plus tard.

Il pressa la main de Katie et la laissa.

Restée seule, Katie, que l'évocation de ce souvenir éprouvait, se laissa aller à une grimace de douleur.

Ce fut la mère de Tim qui reçut Morrissey. Elle eut d'abord l'air surprise, puis franchement bouleversée d'apprendre qu'il voulait parler à son fils.

Morrissey la rassura.

— Il a peut-être vu quelque chose d'intéressant en rentrant hier soir, lui dit-il. La police est déjà venue vous voir ?

— Oui, répondit Mrs Beal. Ils sont passés chez tout le monde. Moi, je n'ai vu que des lumières et de l'agitation au-dehors, c'est tout.

— Et Tim ? Est-ce qu'il vous a dit quelque chose en rentrant ?

— Non. Il est allé se coucher tout de suite. Il devait prendre un train tôt ce matin, avec deux copains. Ils sont en randonnée du côté de Bolton

137

Abbey. Malheureusement, il ne sera pas là avant lundi soir tard. J'espère que ce n'est pas trop important.

— Non, ne vous en faites pas, lui dit Morrissey, je reviendrai le voir. Merci.

Cette nuit-là, tandis que les tracas empêchaient Morrissey de dormir et qu'Appleby attendait dans une cellule sans confort que le temps passe, une autre femme mourut.

18

Il était 7 heures et demie. Barrett installait le magnétophone devant un Appleby hagard. Ce détail plut à Barrett. Si Appleby avait aussi mauvais moral qu'il avait mauvaise mine, il n'en serait que plus mûr pour avouer les faits et pour oublier ainsi d'être méprisant.

Morrissey, lui, n'en était pas si sûr. À la place d'Appleby, s'il était innocent, cela n'aurait fait que renforcer son obstination. Son regard tomba sur la mine chiffonnée d'Appleby, sur son costume froissé et sur cette main qu'il ne cessait de porter à sa poche, pour en ressortir invariablement vide. Il eut pitié de lui.

— Si vous êtes à court de cigarettes, dit-il d'un ton bourru, je vais en faire apporter.

En des lieux désolés

Barrett le dévisagea avec une expression de surprise. Appleby était acculé comme un lièvre, pourquoi lui offrir des cigarettes et lui donner ainsi le moyen de se passer les nerfs ? Cette histoire avec Katie lui avait vraiment ramolli le cerveau et les tripes. Il toussa à l'adresse de son chef, et leva un sourcil. Morrissey interpréta le message.

— Allez donc voir, lui dit-il d'un ton grincheux, si quelqu'un peut nous apporter trois cafés et des cigarettes.

La main baladeuse d'Appleby se détendit.

— Ma position n'a pas changé, inspecteur, lui dit-il. Je n'ai toujours rien d'autre à dire.

— Pas même dans votre propre intérêt ?

Appleby secoua la tête.

Morrissey tenta une autre approche.

— Votre femme doit se faire un sang d'encre. Si vous pouvez prouver où vous étiez et ce que vous faisiez avant-hier soir, pourquoi ne pas penser à elle ?

— Je ne faisais rien d'illégal, et Gwen est très présente dans mes pensées. (Il changea de position.) Ne devez-vous pas avertir mon avocat quand vous m'interrogez ?

— Si c'est ce que vous voulez.

— C'est ce que je veux.

Quelqu'un déposa un plateau avec trois cafés et un paquet de Silk Cut. Appleby attrapa les cigarettes.

— Si vous ne voulez pas parler, dit Barrett avec sadisme, je ne pense pas que vous ayez le temps de fumer.

— On traite par le manque, c'est ça ? dit Appleby en ouvrant le paquet de cigarettes. Pas d'allumettes ?

Morrissey sortit un briquet de sa poche. Une lueur de gratitude passa dans le regard d'Appleby.

— On n'aime pas spécialement retenir des personnes innocentes, dit Morrissey.

— Alors laissez-moi partir.

— Alors que toutes les preuves sont contre vous ? Vous plaisantez, glapit Barrett.

— Mr Appleby, dit Morrissey, j'essaie d'être loyal avec vous, mais on dirait que vous cherchez à vous condamner vous-même.

— Je n'ai rien d'autre à dire, répéta encore Appleby.

Un policier entra et chuchota quelque chose à l'oreille de Morrissey. Celui-ci se leva et d'un mouvement de tête ordonna à Barrett d'arrêter le magnétophone. Puis il sortit, non sans avoir délibérément laissé son briquet bien en évidence sur la table.

Gwen Appleby attendait, accompagnée de Graham Standing, dans une autre salle réservée aux interrogatoires. Elle s'était maquillée avec soin, mais n'avait pas réussi à masquer complètement les cernes sous ses yeux. La nuit avait de toute évidence été courte.

Dès que Morrissey entra, elle se tourna vers lui et les mots se précipitèrent dans sa bouche :

— Inspecteur, je sais pourquoi vous retenez mon mari, et je sais où il était vendredi soir. (Elle joignit ses mains dans un geste d'impuissance.)

C'est un tel gâchis ! Et il ne sait pas que je suis au courant. (Elle serra ses bras contre sa poitrine.) Il va dans un institut de massages. Je l'ai suivi une fois — j'ai une voiture, vous savez — et je l'ai vu y entrer. (Elle eut un air défiant, ce même air absent et étourdi que Morrissey lui avait déjà vu dans une situation qui exigeait toute son attention.) Vous vous demandez comment je sais qu'il s'agit de ce genre d'endroit ? Eh bien, c'est parce que je travaille au centre d'hygiène, inspecteur, et que les trois filles qui travaillent là-bas viennent régulièrement chez moi pour des contrôles ; l'adresse qu'elles m'ont donnée, vous comprenez, c'est celle où mon mari allait. Je l'ai reconnue.

— Tout ceci est très difficile pour Gwen — pour Mrs Appleby —, intervint Graham Standing. Je lui ai laissé entendre que vous n'auriez peut-être pas besoin d'indiquer à son mari d'où vous tenez cette information.

— Il est rare qu'une épouse se montre aussi loyale et compréhensive, fit remarquer Morrissey.

— Vous ne connaissez pas le contexte, répondit Mrs Appleby, l'air subitement triste. Sinon, vous ne trouveriez pas cela si surprenant.

— Je ne pense pas que les raisons pour lesquelles mon client se trouvait là-bas vous intéressent, inspecteur, dit Standing. Ce qui importe, c'est qu'il s'y soit trouvé.

Morrissey en convint, mais l'homme étant curieux par nature, il aurait apprécié une explication supplémentaire. Standing lui présenta un papier avec les coordonnées de l'endroit.

— Je suppose que ce genre de commerce est illégal ? dit Gwen Appleby d'une voix étouffée.

— Sans doute. Il y a toujours des récalcitrants, répondit Morrissey.

Il les laissa, espérant trouver quelques informations à l'adresse qu'on lui avait indiquée, au 7 Prentice Street.

Osgodby était visiblement contrarié.

— D'accord, dit-il, s'il n'est pas parti de là-bas avant 23 heures, il n'a pas pu agresser Katie. Mais cela ne le disculpe pas des trois autres meurtres.

— Je pense que si, dit Morrissey. Ça peut paraître paradoxal de le relâcher, mais la cordelette autour du cou de Katie était identique aux trois précédentes. Pour moi, c'est forcément le même individu.

— Trois morceaux de ficelle de jardin tressés ; tout le monde est au courant, maintenant.

— Mais tout le monde n'était pas au courant vendredi soir.

Osgodby abandonna.

— D'accord, dit-il, relâchez-le. On peut toujours revenir en arrière si besoin est. Dites-lui bien qu'il ne doit pas quitter la ville.

Morrissey retourna auprès d'Appleby et l'informa qu'il était libre. Graham Standing et Gwen Appleby attendaient non loin de là. Appleby se dirigea vers eux et Morrissey vit Gwen enlacer son mari et s'éloigner avec lui. Ils montèrent dans la voiture de Standing et Morrissey resta là un moment à spéculer sur leurs problèmes personnels.

Allaient-ils s'arranger, ou au contraire s'aggraver, après l'épisode de Prentice Street ?

Ce genre d'histoires ne s'étaient jamais produites à l'intérieur de son mariage, et c'était une bonne chose. Il décida de rentrer partager le déjeuner dominical avec sa femme et son fils, et de les accompagner ensuite à l'hôpital.

C'était l'agent Hicks qui montait la garde ce jour-là, dans le couloir devant la chambre de Katie. Dès qu'il aperçut Morrissey, il bondit sur ses pieds pour le saluer. Mike, qui arrivait derrière avec sa mère, le gratifia d'un grand sourire.

Katie se sentait mieux, et cela se vit immédiatement. Elle n'était plus allongée, pâle et inerte, mais assise dans son lit, bien calée par des oreillers. En voyant son père, elle agita immédiatement son bloc-notes.

— Tu t'es rappelée quelque chose ? lui demanda-t-il.

Mike essaya de lire par-dessus l'épaule de son père, mais se fit immédiatement rembarrer.

— Confidentiel, lui dit son père. Pas question d'aller colporter ça chez les copains.

— Comme si c'était mon genre ! protesta Mike, qui alla s'asseoir sur le lit sans discuter davantage. Tiens, j'ai apporté le scrabble de voyage, dit-il avec désinvolture à sa sœur, si ça te dit.

Morrissey déchiffra sans difficulté les griffonnages de Katie :

« Pas sûre, mais pense avoir été suivie depuis le bus. »

Il la considéra tendrement, d'un air approbateur.

— Tu l'as vu ?

Katie fit non de la tête et réclama de nouveau son bloc-notes.

« Il est descendu derrière un vieil homme, à Sycamore Grove », lut-il.

Il s'assit sur le lit et serra sa fille dans ses bras.

— Tu m'épates, lui dit-il. Mais c'est du travail que tu me donnes. Alors, excuse-moi, ma chérie, il va falloir que j'y aille.

— C'était trop beau pour durer, dit Margaret. Tu penses revenir ? (Elle examina l'expression de son mari.) Non ? tant pis, soupira-t-elle. J'aurais mieux fait de ne rien dire.

Il n'était pas dans la nature de Barrett d'abandonner une idée de bonne grâce : une fois qu'Appleby fut relâché, il examina mentalement les différentes possibilités de collusion. N'étant pas parvenu à expliquer pourquoi trois jeunes femmes auraient renoncé à des revenus conséquents dans le seul but de fournir un alibi à un directeur commercial d'âge mûr, il laissa tout cela en suspens et se rendit au réfectoire. Un peu plus tard encore, lorsque la pression fut un peu retombée, il téléphona à Michelle.

Elle était contente qu'il veuille la revoir. Ils en étaient restés à un point très intéressant le vendredi précédent, et elle ignorait toujours jusqu'où elle l'aurait laissé aller. C'était de loin l'homme le plus doux qu'elle ait connu, dans ses manières et sa façon de faire — peut-être était-ce dû à son âge ?

En tout cas, elle était impatiente d'y goûter à nouveau. Il n'était bien entendu pas question de lui dire cela de façon aussi claire. Le siège était toujours infiniment plus excitant que la reddition.

Le plan, les limites et le réajustement du cimetière municipal avaient été décidés au XIXᵉ siècle, à une époque où la mode des monolithes et autres angelots de pierre était à son apogée. Plus le monument funéraire était grand, plus la personne qu'il recouvrait avait amassé de biens terrestres. N'ignorant pas que les visiteurs désapprouveraient ce rappel permanent de leur condition mortelle, les bâtisseurs de la ville avaient fait construire un haut mur de brique tout autour du cimetière, qui le dissimulait aux regards. L'entrée se situait dans une rue étroite et mal éclairée, Honeypot Lane, que les piétons avaient tendance à éviter après la tombée de la nuit, et qui pour cette raison attirait beaucoup de voitures en stationnement. De temps en temps le policier de patrouille prenait un jeune agent avec lui et allait braquer le rayon de sa torche sur les vitres embuées, interrompant net l'activité des couples à l'intérieur. Honeypot Lane restait ensuite désert — ou presque — quelques nuits d'affilée.

Comme chacun connaissait la réputation de l'endroit, on ne s'étonnait plus des cris étranges qui en provenaient.

La nuit de samedi à dimanche avait été froide et humide. Un crachin ininterrompu avait accompagné Morrissey lorsqu'il avait quitté son domicile au petit matin pour aller interroger Appleby. Un peu avant 13 heures, le ciel s'éclaircit un peu. Une heure plus tard, un soleil mouillé pointait sans entrain ses rayons dans la grisaille. La femme qui gisait en une position étrange entre la pierre tombale noircie de John Henry Oldroyd et l'allée ne remarqua rien de tout cela, bien que ses yeux fussent grands oûverts sous la pluie. N'ayant plus pour elle que l'éternité, elle attendait patiemment que l'on veuille bien la trouver.

19

Lorsque Morrissey réintégra le quartier général de la division, son pas vif et son air impatient ne passèrent pas inaperçus. On chuchotait un peu partout qu'il y avait du nouveau. L'inspecteur en chef réservait ses commentaires.

Il connaissait bien Sycamore Grove, un petit cul-de-sac juste derrière Forest Drive où on avait récemment construit des maisons mitoyennes. Morrissey envoya une demi-douzaine d'hommes en uniforme pour interroger les habitants du coin, en espérant que le mauvais temps les aurait retenus chez eux. Ils ne devaient pas en avoir pour plus d'une heure. Entre-temps, la pluie avait cessé. Morrissey se demanda si c'était un bon présage.

À l'autre bout de la ville, Charlie Harmsworth, lui, était bien content que la pluie s'arrête, car c'était l'anniversaire de Nellie. Il avait enveloppé les dernières jonquilles qu'il venait de cueillir dans du papier journal — des jonquilles de son jardin, plantées l'automne précédent, avant la mort de Nellie. Il avait le cœur gros à la pensée qu'elle ne les avait jamais vues en fleurs.

Pour arriver jusqu'à la tombe de sa femme, il devait prendre la grande allée bordée de pierres tombales aux tailles monumentales. À gauche se trouvait une seule rangée de tombes, entre le mur et l'allée, tandis qu'à droite elles s'étendaient sur tout le côté du cimetière ; entre ces pierres, un soleil faiblard luisait parmi les ombres et reflétait ses rayons dans l'herbe mouillée.

Charlie n'avait plus très bonne vue, et si la chaussure avait été marron ou noire, il ne l'aurait peut-être même pas remarquée. Mais elle était bleu turquoise. Marmonnant contre ces vandales qui jetaient tout par terre, il se baissa pour la ramasser et la jeter sur le tas d'ordures. Il remarqua alors que cette chaussure appartenait à un pied. Un pied de femme. En se penchant un peu plus vers le tapis d'herbe qui séparait John Henry Oldroyd d'un angelot couvert de crasse, il la vit tout entière et dut s'appuyer au monument pour recouvrer ses esprits.

Michelle portait une combinaison rose lorsque Barrett arriva chez elle. Il lui offrit les chocolats payés un prix exorbitant, et en échange, elle se laissa embrasser. Il prit cela pour un signe encourageant et, pendant qu'elle allait préparer le thé, commença à se mettre à l'aise.

— En général, le dimanche, je passe la journée sur le canapé à regarder la télé, lui dit Michelle en revenant. Mais on peut faire autre chose, si vous voulez.

— Sur le canapé, ça me paraît bien, dit-il en l'attirant à lui.

— Je ne parlais pas de *ça* ! protesta-t-elle en riant, et en n'essayant qu'à moitié de se dégager.

Il lui mordilla l'oreille.

— Moi, si. (À ce moment son beeper se mit à sonner.) C'est forcément une erreur, dit-il en décrochant le téléphone. Forcément.

Morrissey gardait les mains dans les poches de son imperméable. Même en plein été, il régnait toujours parmi les tombes une espèce d'humidité froide. Ce jour-là, une petite brise aidant, on frissonnait presque. Le photographe avait terminé, et les techniciens du labo, en combinaisons blanches, attendaient que le médecin légiste en ait également fini pour se mettre au travail.

Morrissey était pessimiste. On ne trouverait sûrement rien d'intéressant. Dans sa panique, Charlie Harmsworth avait arrêté le premier véhicule qui passait sur la route. Le bus en question ne transportait que six personnes, mais une fois que Charlie eut réussi à se faire comprendre, un exode massif vers le cimetière s'était produit ; et Dieu sait ce que l'on avait été touché, dérangé, piétiné, avant que la première voiture de police n'arrive sur place et que les badauds soient dispersés. Peu après, alerté par l'un des passagers du bus, un journaliste du *Malminster Echo* avait débarqué, suivi de près — étranges vases communicants — par une équipe de la télévision locale.

L'équipe du labo avait installé de grande bâches de toile et fermé le périmètre aux passants, mais le mal était fait.

— Eh bien, on ne peut pas soupçonner Appleby sur ce coup-là, dit Barrett, maussade.

— Content que vous l'ayez compris, rétorqua Morrissey, en rentrant le menton dans son col.

Ils avaient perdu trop de temps avec Appleby. Ça ne changeait d'ailleurs rien, puisqu'ils n'avaient aucune autre piste, pensa Morrissey en sautillant impatiemment d'un pied sur l'autre.

Warmsby, le médecin légiste, se releva avec précaution. Une feuille de laurier mouillée était collée à son crâne chauve ; il s'en débarrassa d'une main.

— Je ne sais pourquoi vous avez laissé partir Jim Reed, dit-il comme pour se plaindre. Faites-lui la cour pour qu'il revienne, on gagnera vraiment du temps. (Il avait dit cela un demi-sourire aux lèvres, sachant que le fameux Reed, un ancien médecin légiste devenu généraliste, avait obtenu ce qu'il voulait : un poste de médecin de campagne.) Trêve de plaisanteries, reprit-il. Alors voilà : environ 25 ans, décédée dans la nuit, mais difficile de dire quand exactement. Entre 12 et 24 heures, c'est tout ce que je peux vous offrir. Étranglée avec de la ficelle de jardin. Au fait, Morrissey, j'ai appris, pour votre fille. Sale histoire. Vous avancez ?

— Oui, autant chercher une aiguille dans une botte de foin, dit Morrissey.

— Eh bien… En tout cas, vous pouvez emmener celle-ci quand vous voulez. Le sac à main est sous le corps. (Il jeta un coup d'œil au ciel.) Je voulais tondre la pelouse aujourd'hui. Bah, je ferais aussi bien d'en finir avec cette autopsie. Allez, à plus tard.

Il s'éloigna. Morrissey le vit passer sous les bandes blanches, repousser les journalistes qui accouraient vers lui et se diriger rapidement vers la sortie.

Les employés du labo vinrent récupérer le sac de la victime, dans lequel on retrouva cartes de crédit, chéquier et portefeuille, le tout au nom de Natalie Parkes. Natalie. Morrissey entendait encore le commentaire de Margaret, à propos de Neville Harding : « Parle-lui donc de Natalie, et tu verras sa tête ! »

On plaça le corps dans un sac de la morgue puis on l'emmena. Morrissey continuait de se demander s'il pouvait s'agir de la même Natalie, et s'il n'allait pas prendre la remarque de sa femme au pied de la lettre.

Rien dans le sac de Natalie Parkes ne portait mention de son adresse. Les banques et sociétés de cartes de crédit n'étant pas des sources d'informations très disponibles le dimanche, Barrett fut chargé d'aller persuader l'une d'elles de lui ouvrir ses dossiers.

Il commença par appeler la banque de

Malminster, dont était issu le chéquier de la victime. Le directeur prit un ton irrité, prétextant du caractère tout à fait irrégulier et très inopportun de cette requête. De surcroît, il recevait ce week-end. Tout cela ne pouvait-il donc pas attendre jusqu'à lundi matin ? Ce n'était, après tout, qu'une question d'heures. Barrett lui rétorqua brutalement qu'une des clientes de la banque avait probablement trouvé de la même manière inopportun de se faire assassiner ce jour-là. Le directeur accepta finalement du bout des lèvres de lui ouvrir ses portes.

Pendant ce temps, Morrissey eut tout le loisir d'examiner les rapports concernant Sycamore Grove. Katie ne s'était pas trompée. Cedric Stanley, un contrôleur de bus à la retraite installé au n°18, avait pris le bus de Brindley le vendredi précédent. Comme à son habitude, il s'était assis à l'impériale. À cette lecture, Morrissey sentit une sorte de sixième sens se réveiller et s'activer dans un coin de son cerveau.

Cedric Stanley avait affirmé se souvenir du passager qui le suivait dans l'escalier au moment où il se préparait à descendre. C'était celui qui était monté dans le bus au dernier moment. Un genre de marginal, avec de petites lunettes à la John Lennon ; pas spécialement jeune, en dépit de son style vestimentaire — jeans et veste de camouflage. Difficile de bien voir son visage sous le bonnet de laine vert et les cheveux en désordre, mais il pensait qu'il serait capable de le reconnaître. Et le type roulait ses cigarettes, aussi.

Avec tout ça, on pouvait tenter un portrait-robot, conclut Morrissey. Il découvrit Smythe occupé à taper à la machine à son rythme habituel, et l'envoya sur-le-champ chercher Cedric Stanley.

Osgodby comptait passer la soirée de dimanche tranquillement chez lui, mais au lieu de cela, il se trouvait dans le bureau de Morrissey, et d'assez mauvaise humeur.

— Si on ne réduisait pas sans arrêt les dépenses, dit-il, il y aurait encore un fossoyeur ou quelqu'un dans le genre, au cimetière. Il y a un petit pavillon en parfait état pour ça, qui va se dégrader parce que la municipalité ne peut pas se permettre de rémunérer quelqu'un. Pareil pour les grilles. Personne pour les fermer, alors elles restent ouvertes toute la nuit... Mais bon Dieu, comment les gens peuvent-ils avoir envie d'aller dans ce genre d'endroit pour se bécoter, je me le demande !

— On ne sait pas si c'est le cas pour Natalie Parkes, dit Morrissey. Elle a pu y être transportée une fois morte. L'autopsie nous le dira.

— Vous pensez ? Toujours optimiste, à ce que je vois. Tout cela est diablement obscur ! Comme la dernière fois. On en est à quatre victimes, maintenant — cinq, avec votre Katie — et toujours rien.

Morrissey le mit au courant des informations fournies par Cedric Stanley et vit à son regard qu'il se détendait un peu. Il se réjouit même à la perspective du portrait-robot.

— Vous êtes sûr de tout ça, n'est-ce pas ? dit-il. Parce que je vais vous dire, John. Vous, vous avez de la chance, vous n'avez que moi sur le dos, mais moi, j'ai le grand patron et il veut la peau de quelqu'un. Et au rythme où nous allons, ça va être la mienne.

— J'ai bon espoir, répondit Morrissey, avec ambiguïté.

— Essayez plutôt d'avoir des certitudes, rétorqua Osgodby, avant de quitter le bureau sans plus de politesses.

Barrett revint avec l'adresse de Natalie Parkes. Au moment où Morrissey et lui quittaient le poste, Smythe entrait avec Cedric Stanley. Morrissey n'eut même pas le temps de se présenter : Stanley lui serrait déjà la main avec une vigueur étonnante pour quelqu'un d'aussi frêle.

— Pas besoin de nom, lui dit-il, surtout que vous êtes tout à fait comme à la télé. Alors, on va travailler ensemble, vous et moi ? Y'aura de quoi trinquer, une belle fois ! La prochaine, c'est ma tournée. Ce sera un événement !

— Surtout si vous pouvez nous aider à établir un portrait ressemblant, lui rappela Morrissey.

— Oh, pas de problème. J'ai la mémoire des visages ; j'en vois un, je ne l'oublie jamais ; c'est un don. On l'a ou on l'a pas.

— On prend les fichiers photo ? demanda Smythe.

Morrissey acquiesça, espérant que Stanley n'avait rien prévu pour sa soirée. Lorsqu'ils auraient fini, elle serait sûrement déjà bien entamée.

Morrissey répondit au regard interrogateur de Barrett, qui ne savait pas de quoi il retournait :

— Katie nous a filé un tuyau : son agresseur se trouvait peut-être dans le même bus qu'elle. Et, avec un peu de chance, Mr Stanley va nous en faire le portrait.

Malminster était une ville de contrastes. Quand on restait garé un peu trop longtemps du côté de Coronation, les enjoliveurs de votre voiture avaient la fâcheuse habitude de disparaître ; en revanche, lorsqu'on se promenait près du terrain de cricket et des grandes villas du début du siècle qui l'entouraient, on avait l'impression que même l'air respiré coûtait cher. Quelques-unes de ces maisons avaient été aménagées en appartements. C'était l'un d'eux qu'habitait Natalie Parkes.

Morrissey en avait les clefs ; mais ignorant toujours si elle avait vécu seule, il prit le soin de frapper avant de pénétrer chez elle.

L'entrée était minuscule, mais le reste de l'appartement était spacieux, avec de hauts plafonds ornés de moulures en plâtre. Il n'y avait qu'une seule chambre, meublée en pin de couleur sombre, une petite cuisine et une salle de bains, toutes deux claires et fonctionnelles. La salle de séjour occupait toute la longueur de la maison ; c'était une pièce très lumineuse, avec une fenêtre à chaque bout, où régnait sans raison véritable une légère atmosphère de désordre.

Par la fenêtre de devant, on avait vue sur le terrain de cricket. L'autre, à l'arrière, donnait sur un petit jardin ; juste à côté, une table et quatre chaises étaient disposées sur un tapis afghan rond. Un tapis aux motifs assortis, de forme oblongue, se trouvait devant la cheminée, dans laquelle on avait installé un chauffage à gaz. Le long du mur, des placards abritaient un assortiment divers de plantes, livres, magazines et objets en céramique. Enfin, une table basse trônait entre deux canapés Chesterfield recouverts de velours côtelé noir.

Rien de tout ce qui se trouvait là n'était assez luxueux pour correspondre à l'énorme loyer que Natalie Parkes devait payer pour cet appartement. À part peut-être les tapis afghans.

Quelqu'un payait-il ce loyer pour elle ?

Dans la cuisine, une seule tasse et une seule soucoupe séchaient dans l'égouttoir ; dans la salle de bains, une seule brosse à dents ; aucun objet de toilette masculin. Les étagères en revanche donnaient bien l'impression d'avoir déjà été plus chargées ; comme si quelqu'un avait retiré ses affaires et fait disparaître toute trace de lui dans l'appartement.

— Il manque quelque chose, commenta Barrett, qui avait apparemment le même sentiment.

Dans cette partie de Malminster, les gens ne s'occupaient sûrement pas de ce qui ne les regardait pas, mais peut-être auraient-ils remarqué un visiteur régulier chez Natalie Parkes. Morrissey envoya Barrett se renseigner au rez-de-chaussée, pendant que lui-même demandait par radio les adresses correspondant à deux numéros de téléphone qu'il avait trouvés dans le répertoire de la victime : l'un en face d'un certain « Nev », souligné, et l'autre en face de « Maman ».

Il ne fut pas surpris d'apprendre que « Nev » et Neville Harding étaient une seule et même personne. La seconde adresse le ramena à l'une des tâches les plus difficiles de son métier : annoncer le décès de quelqu'un à sa famille. Lorsqu'il s'agissait d'un assassinat, l'épreuve n'en était que plus horrible.

Lorsqu'il se rendit chez les Parkes, Morrissey se fit accompagner d'une femme policier. À son immense soulagement, il découvrit que la victime avait également un père et que Natalie n'était pas fille unique. Maigre consolation : il dut souffrir le spectacle de William Parkes, ployant sous le poids de sa douleur, quand il lui demanda de bien vouloir venir identifier le corps de sa fille.

L'autopsie était terminée. Dans la petite salle adjacente à la morgue, Morrissey et Barrett observaient Warmsby qui manipulait nonchalamment le cerveau de Natalie Parkes entre ses doigts.

— Aucune atteinte cérébrale, leur expliquait-il pour la seconde fois. Ce qui veut dire que votre zozo a changé de technique. Car les trois premières victimes présentaient une lésion cérébrale ; probablement frappées au poing, *avant* d'être étranglées. (Il remit le cerveau de Natalie Parkes à tremper dans un bocal et regarda Morrissey.) Vous avez un peu compris ce que je vous ai dit ?

— Je crois, oui, répondit Morrissey, mais je suis pas sûr d'en être heureux.

— Je m'en doute un peu, rétorqua Warmsby, en retournant à la table de dissection. Et vous avez vu ? Tous les ongles sont cassés. Elle s'est bien débattue celle-ci, et d'après l'aspect du nœud, il se trouvait derrière elle. En revanche, ce sont trois morceaux de ficelle attachés ensemble, et non pas tressés. Différent.

Il attrapa une aiguille courbe et du fil de soie et se mit à recoudre le cuir chevelu de Natalie Parkes.

— Vous n'avez pas remis le cerveau, dit Barrett, vert comme la blouse qu'il avait passée sur ses vêtements.

— C'est exact, admit Warmsby. Mais elle n'en aura plus besoin maintenant, et c'est un beau spécimen.

— Donc, résuma Morrissey, nous recherchons un homme avec des égratignures.

Warmsby haussa les épaules.

— À mon avis, elle a essayé de lui attraper les mains, mais il devait porter des gants de caoutchouc. Je ne pense pas qu'elle ait pu l'atteindre au visage. Enfin, c'est mon avis. Nous en saurons plus quand le labo aura examiné les ongles. Pourquoi il a changé de tactique, ça c'est votre affaire ; mais en tout cas, elle n'est pas morte dans le cimetière. La répartition de l'hypostase semble indiquer qu'elle est restée recroquevillée sur le côté gauche, pendant une heure environ. Sans doute dans un coffre de voiture. Et aussi… (Son aiguille resta en suspens.) …elle avait eu un rapport sexuel juste avant. Le labo a bien décortiqué tout ça, vous aurez peut-être plus de chance de ce côté. Apparemment, il était pressé et un peu négligent.

— Si ça, ce sont les bonnes nouvelles, dit Morrissey avec une sorte de résignation lasse, faites-moi grâce des mauvaises.

20

À 21 h 30, alors qu'il faisait déjà nuit, Morrissey et Barrett retournèrent à l'appartement de Natalie Parkes. L'équipe du labo venait de le quitter, et un policier attendait patiemment dans son véhicule de patrouille avec les clefs.

L'appartement semblait différent, comme si le flux d'étrangers qui l'avaient investi ces dernières heures en avait bouleversé l'identité.

Morrissey avait retenu l'hypothèse de l'amant-assassin.

— Est-ce qu'il faut vraiment chercher partout ? demanda Barrett, accroupi devant un placard.

— Est-ce que Natalie Parkes est vraiment morte ? rétorqua Morrissey en jetant un coup d'œil au fouillis à l'intérieur.

En soupirant, Barrett commença à trier les affaires de Natalie, persuadé que cela ne servirait à rien : les affaires personnelles des trois précédentes victimes n'avaient rien révélé. À part ce foutu prospectus d'agence, chez Gail Latimer... Ce *Rob* ! Elle l'avait peut-être inventé, après tout.

Morrissey avait trouvé un album photo dans le tiroir de la coiffeuse. Il contenait un tas de clichés de Natalie Parkes à différents âges. Une photo récente la montrait en robe décolletée, à une soirée, en compagnie d'un homme au visage vaguement familier. Mais ce n'était certainement pas Neville Harding. Au dos, quelqu'un avait écrit : « B.T., fête du Jour de l'An ».

Morrissey la détacha et la mit dans sa poche. Au moment de partir, il emporta également le répertoire téléphonique de Natalie Parkes et passa tout le trajet du retour à spéculer sur les étagères vides de la salle de bains.

— Tu te souviens quand tu m'as parlé de Neville Harding l'autre jour ? demanda-t-il à Margaret, de retour chez lui.

— Bien sûr, répondit-elle, mais je croyais que tu n'aimais pas les commérages ?

Elle empoigna une casserole sur le feu et en vida le contenu dans un petit bocal. Morrissey s'approcha pour en humer le fumet.

— Qu'est-ce que c'est ?

— Ça, dit Margaret en revissant fermement le couvercle du bocal, c'est une chose à laquelle j'aurais dû penser depuis longtemps. De la soupe. Pour les fois où tu es trop pressé pour avaler quelque chose à la cantine.

— Il y a des moments, dit Morrissey humblement, où je pense que je ne te mérite pas.

— Il y a des moments où je le sais, répondit Margaret. Mais ça ne m'empêche pas de dormir.

Alors, qu'est-ce que tu voulais savoir sur la petite amie de Neville Harding ?

— Je pensais que tu connaissais peut-être son nom de famille, le téléphone arabe féminin étant ce qu'il est…

Margaret lui jeta un regard noir.

— Merci ! Au fait, il n'y avait pas grand monde à mon stand de charité ; de ça aussi on a parlé vendredi matin.

— Je suis désolé. J'ai oublié. Tu as récolté beaucoup d'argent ?

— Cent quarante-neuf livres. (Margaret s'assit et se mit à beurrer un toast.) Alors, le nom de famille de Natalie… Parkes. Et maintenant, dis-moi pourquoi tu voulais savoir.

— Parce que Natalie Parkes a été assassinée dans la nuit de samedi à dimanche.

Le visage de Margaret se décomposa sous le choc et Morrissey devina le rapide calcul auquel elle se livrait mentalement. Une quatrième victime… Il se sentait coupable de ne pas lui dire que ce dernier meurtre était sans doute un plagiat des précédents. Il ne l'avait dit à personne, pas même à Barrett — qui, peut-être, l'avait déduit lui-même.

Margaret pensait à Katie, qui avait frôlé la mort de si près.

— Ils en ont parlé aux informations hier soir, reprit Morrissey, mais elle n'avait pas encore été identifiée.

— Je n'ai pas regardé la télévision hier soir. Enfin, avoua-t-elle légèrement embarrassée, Mike et moi avons joué aux jeux vidéo. Et ne ris pas.

— Je ne ris pas, répondit Morrissey en enfilant sa veste. J'espère simplement que tu ne l'as pas laissé gagner.

— Ce serait plutôt le contraire, dit-elle en souriant. En compensation de toutes ces parties de Cluedo… (Le sourire de Margaret s'évanouit.) Pourquoi ai-je donc le sentiment que tout va trop vite ? Katie est déjà une adulte, Mike sera parti avant que j'aie eu le temps de dire « ouf ! ». Ce n'est pas la perspective de la mort qui m'ennuie, c'est la perspective d'un nid bientôt vide. Tu vas sans doute me dire que ça marche avec l'idée de territoire, ajouta-t-elle en le regardant.

Pas toujours… pensait Morrissey. Certains parents ne supportaient pas de voir leurs enfants grandir, parce qu'ils leur imposaient l'image de ce qu'ils avaient été… et ne seraient plus jamais. Mais cela, Margaret le savait déjà en travaillant pour le Comité d'aide à l'Enfance. Il aurait pu lui dire que les enfants ne quittaient jamais vraiment la maison, qu'ils revenaient toujours. Que plus tard, il y aurait des petits-enfants, qui rempliraient à nouveau la maison de rires et de bruit ; mais ce ne serait pas nécessairement vrai. Il se sentit subitement coupable. Cela faisait presqu'un an qu'il n'avait pas emmené Katie et Mike voir ses parents à Settle. Quand l'enquête serait terminée, quand il aurait le temps de se retourner un peu…

Morrissey prit le bocal sur la table.

— On les aime et ils nous aiment, dit-il simplement, avec une certaine brusquerie. Pour le reste, c'est la Providence qui décide. (Il se pencha pour embrasser Margaret.) Qui sait, c'est peut-être nous qui devrons les mettre dehors. (Mais il ne le pensait pas, et elle le savait…) Je rentrerai tard, ne m'attends pas.

Il sortit. Mike, qui était dans sa chambre à l'étage, le regarda de sa fenêtre monter en voiture et s'éloigner.

Natalie Parkes travaillait comme réceptionniste chez un opticien de North Street. C'étaient ses parents qui avaient indiqué cela à Morrissey ; en revanche, ils n'avaient pas su lui dire si elle sortait avec quelqu'un. Morrissey n'aimait pas cet euphémisme, « sortir avec quelqu'un », mais en l'occurrence, c'était une formulation délicate. Plus tard, si besoin était, il parlerait d'amants et de liaisons. Sans grand espoir, il envoya Smythe et Barrett sur le lieu de travail de la jeune femme pour rassembler ses affaires et recueillir tous les renseignements possibles auprès de ses collègues. Peut-être y avait-elle eu une confidente.

Entre-temps, Morrissey avait dû affronter Osgodby de nouveau. Celui-ci, dont les compétences en matière d'organisation et d'administration n'étaient plus à prouver, était en possession des dossiers relatifs aux quatre jeunes femmes assassinées. Il n'avait en revanche jamais brillé par sa puissance de déduction quand il était inspecteur à la PJ et ne parvenait pas à y voir clair. Il se sentait tout de même un peu mieux depuis la diffusion du portrait-robot de l'assassin, et avait même confié à son adjoint qu'en mobilisant toutes les forces de police de Malminster, cette affaire n'était plus qu'une question de temps.

— Mais nous ne sommes pas du tout *sûrs* que ce soit le même type qui ait suivi Katie, fit remarquer Morrissey.

Précision négative et malvenue, qui ne parvint pas à gâcher l'atmosphère.

— Faites donc porter une copie du portrait à Katie, répondit Osgodby, et voyez ce qu'elle en dit. Il doit bien y avoir quelqu'un de disponible pour la lui apporter, si vous êtes occupé.

Le téléphone sonna à ce moment-là : Susan Reed voulait voir Morrissey. Elle avait décidé de lui dire qui était « Rob ».

— Vous voyez ? dit Osgodby, ça commence à se décanter.

C'était encore une morne journée. Une atmosphère grise et lugubre planait au-dessus du terrain communal. Morrissey sonna chez Susan Reed. Lorsqu'elle lui ouvrit, il remarqua qu'elle était nerveuse ; elle commença à se promener un peu partout dans l'appartement, à prendre un objet, puis un autre. Au bout d'un moment, Morrissey se demanda si elle en viendrait au fait.

Elle se décida finalement. Les mots se précipitèrent dans sa bouche.

— Il n'y a aucun homme du nom de Rob, dit-elle. Il n'y en a jamais eu. Vous cherchiez dans la mauvaise direction. Je suppose que l'anneau qu'elle portait a fait paraître ce fichu prospectus plus important qu'il ne l'était en réalité. J'aurais dû mettre la main dessus avant que vous n'arriviez, ça n'aurait jamais pris de telles proportions.

Morrissey en oublia de lui demander de quelle bague elle parlait. Il l'observait, tandis qu'elle jouait avec l'anneau d'argent qu'elle portait à la main droite. Elle l'enleva et le tendit à Morrissey.

— Il y a la même inscription que sur celui de Gail, lui dit-elle.

Morrissey examina l'anneau entre le pouce et l'index, discernant à peine les lettres fines comme des pattes d'araignée. « Gail-Rob ».

— Comme sur la sienne, répéta Susan Reed avec tristesse, mais dans l'autre sens… Susan Robina Reed, inspecteur, c'est mon nom complet. Voilà ; je suppose que vous me traiteriez de gouine, mais ce n'est pas très joli. Enfin, c'est la façon de voir des hommes, non ?

De certains hommes, corrigea Morrissey pour lui-même, mais aussi de certaines femmes. Il est toujours dangereux d'être différent.

— Vous auriez dû me dire tout cela dès le début, répondit-il simplement, les yeux tout d'un coup dans le vague.

Il ne dit pas à Susan Reed que Gail ne portait pas de bague. L'avait-elle perdue ? Lui avait-on volée ? Il eut la vision de l'employé de nuit à la morgue, au visage avide.

Il soupira en pensant à toutes ces satanées fausses pistes.

21

Il y avait trois circonscriptions à Malminster. L'homme que recherchait si ardemment Morrissey avait successivement habité chacune des trois. Il occupait à présent un appartement au sixième étage d'un immeuble qui en comportait dix. La cage d'escalier était recouverte de graffiti et d'autres choses plus immondes encore.

La petite radio de poche, posée sur le rebord de fenêtre de sa cuisine sordide, crachait des informations à travers les sifflements et les craquements. Il parvint tout de même à entendre ce que l'on disait à propos du meurtre du cimetière. La nouvelle lui fit l'effet d'un coup de poing. Une violente migraine lui battait déjà les tempes et il enfourna les cachets d'antalgique dans sa bouche. Pendant un moment, les battements sous son crâne augmentèrent.

Il n'avait tué personne ce samedi-là. Il n'était même pas allé du côté du cimetière.

Il chercha une tasse et s'aperçut qu'elles étaient toutes sales. Tout était sale ! À tâtons, il attrapa ce qu'il voulait dans l'évier et le rinça sous le robinet.

Plusieurs fois dans la matinée, il essaya d'appeler Morrissey au téléphone, mais il n'était jamais là. Un sentiment d'injustice le minait littéralement.

Un peu avant 13 heures, il se rendit au pub de Brindley Road, où un sandwich et une bière ne coûtaient qu'une livre 50. La télévision du bar était allumée et c'était l'heure des infos régionales. Un portrait-robot du tueur fut diffusé à l'antenne.

— Espèce de salopard ! lâcha le barman au poste de télévision. Avec cette histoire, reprit-il sur le ton de la confidence, penché au-dessus du comptoir, les affaires ont diminué de moitié. Les femmes ne veulent plus sortir. Ah, si je le chopais celui-là, je te le pendrais par les couilles, ouais.

Et lui acquiesça tout en continuant à manger, la bouche pleine de sandwich. Il prit une gorgée de bière et regarda tranquillement la suite des informations.

La chaise qui se trouvait devant la porte de la chambre de Katie était inoccupée. À l'intérieur, Hicks, assis près du lit, à un endroit d'où il pouvait surveiller la porte, jouait aux échecs avec la fille de Morrissey. Lorsque celui-ci entra, Hicks se leva promptement et sa chaise chancela sous le mouvement. Deux pièces du jeu roulèrent à terre.

— Chef ! dit-il seulement, dans l'attente d'une réprimande.

— Oh, papa ! lâcha Katie dans un souffle rauque.

L'air mécontent disparut aussitôt sur le visage de Morrissey. Hicks ramassa sa chaise et sortit.

Morrissey sourit à sa fille et tout d'un coup, le gros nuage noir sous lequel il avait l'impression de marcher depuis le vendredi précédent s'évanouit.

— Alors toi, tu cries déjà ! dit-il, en la serrant dans ses bras. C'est bon signe, ça. Dis donc, tu te sens d'attaque pour examiner un portrait-robot ?

Il s'était demandé comment elle réagirait à la vue d'un portrait-robot, et avait même craint qu'elle en soit perturbée. Il n'en fut rien : elle l'observa avec un certain détachement.

— Alors, demanda Morrissey, tu l'as déjà vu ?

Elle voulut dire « non », mais les sons restèrent bloqués dans sa gorge. Exaspérée, elle attrapa son bloc-notes, et écrivit « Bizarre », qu'elle souligna plusieurs fois.

— Évidemment, ce n'est pas Mel Gibson, dit son père, en repensant à un poster qu'elle avait dans sa chambre.

Elle ébaucha l'un de ses grands sourires.

Il s'était plus ou moins attendu à des larmes, à la vue de ce portrait, ou à une crise de nerfs, ou au contraire à un retranchement dans le silence, mais Katie était totalement maîtresse d'elle-même. Il en était soulagé. D'un autre côté, il était déçu qu'elle ne l'ait pas reconnu plus catégoriquement. Il rangea le portrait dans son enveloppe et se pencha pour l'embrasser.

— Je reviens te voir dès que je peux, lui dit-il.

Elle le serra fort dans ses bras, comme une gamine de 5 ans.

Dehors, dans le couloir, Hicks était resté debout.

— Vous feriez aussi bien de finir la partie, lui dit Morrissey sévèrement ; mais n'en faites pas une habitude.

Au moment où il remontait en voiture, Katie reprenait la partie d'échecs là où elle l'avait laissée. C'est lorsqu'elle bougea son fou que se produisit ce que n'avait pas réussi à provoquer la vue du portrait-robot. Le fou sans visage des échecs lui rappela son agresseur, et son visage se tordit tout d'un coup sous l'effet de la panique. Elle se mit à suffoquer et agrippa sa gorge. Hicks, lui aussi au bord de la panique, sonna pour appeler l'infirmière. Lorsque celle-ci arriva, elle trouva Katie sanglotant dans les bras du policier, qui avait l'air de trouver ça très agréable.

De retour au poste, Morrissey apprit qu'Osgodby était à une réunion du QG de la division, ce qui ne fut pas pour lui déplaire. Quant à Barrett, il était à son bureau, et prenait ostensiblement des notes. Il ne savait comment faire part à son chef de ce qui le tracassait. Pour lui, les trois premiers meurtres étaient le fait du hasard, tandis que celui du cimetière avait été planifié ; il se détachait des autres de façon évidente, car aucun des éléments observés n'entrait dans le cadre précédent. Barrett s'inquiétait de ce que Morrissey n'ait encore rien dit de tout cela. Il continua d'écrire.

— Du nouveau, chez l'opticien ? demanda Morrissey.

Barrett fit grise mine.

— Rien d'intéressant, dit-il. J'ai rapporté ses affaires, mais il n'y a que du maquillage, des stylos et de la petite monnaie. Il y a une autre réceptionniste là-bas, deux opticiens et un optométriste. Ils disent tous qu'ils vont la regretter, mais c'est ce qu'on dit toujours, de toute façon. C'est bien le seul avantage qu'il y ait à mourir. J'ai demandé si on lui connaissait des petits amis, mais je n'ai pas obtenu beaucoup de ce côté-là non plus. Ils savaient qu'elle voyait quelqu'un qui avait plutôt les moyens, mais on n'a pas su ou pas voulu me donner de nom. Le fameux B.T., sur la photo avec elle, semble le plus probable. J'ai envoyé Smythe chercher les numéros de téléphone.

— Ensuite ? demanda Morrissey.

— Ensuite quoi, chef ? dit Barrett.

— C'est à vous que je le demande, rétorqua Morrissey qui le connaissait suffisamment pour savoir qu'il avait quelque chose en tête.

Pourquoi Barrett se retenait-il ? Si Morrissey avait su que c'était parce qu'il pensait que son chef n'avait pas encore envisagé toutes les possibilités, il en aurait été amusé. Il s'adossa dans son bon vieux fauteuil en cuir, dont on avait vainement essayé de le priver lorsque son bureau avait été refait, et attendit.

— Chef…

— Eh bien oui, Neil ?

— C'est ce dernier meurtre, là. Il y a trop de différences dans la méthode. C'est comme si on ne recherchait plus le même type.

— Et vous avez trouvé ça tout seul, hein ?

Barrett eut l'air dérouté.

— Ça me semble une hypothèse raisonnable, répondit-il avec raideur.

— Je suis content que vous le pensiez aussi. Vous avez tout à fait raison. Il n'y a que des erreurs, dans cette affaire du cimetière.

Le visage de Barrett s'éclaira.

— Quelqu'un qu'elle connaissait, dit-il avidement. En qui elle avait confiance ; qui pouvait passer derrière elle sans l'inquiéter. Un petit ami.

— Ou quelqu'un qu'elle ne pensait pas dangereux, suggéra Morrissey. C'est une autre solution.

Smythe entra à ce moment-là, avec la liste des numéros de téléphone demandés.

— Le plus difficile, reprit Barrett, c'est la ficelle de jardin. Il a pu apprendre ça soit par les infos de samedi, soit par les journaux du soir, mais dans tous les cas, s'il s'agit d'un plagiat des meurtres précédents ; il a dû courir en acheter, à moins qu'il n'en ait eu à portée de main. Quoi qu'il en soit, ça ne lui laissait pas beaucoup de temps pour planifier et prévoir. Moi, j'ai vraiment le sentiment que ça a été *planifié,* si vous voyez ce que je veux dire.

Morrissey le regarda avec une expression de surprise affectueuse. C'est que Barrett se servait de sa tête... Cela lui rappela que l'information sur la ficelle de jardin avait filtré sans autorisation et que l'on n'avait encore rien fait à ce sujet. Smythe allait pouvoir se rendre utile.

— Filez au Bureau de presse, lui dit-il, et faites-leur bien mes compliments. Cherchez un peu qui a laissé filtrer en premier l'histoire de la ficelle de jardin. Faites pression, qu'ils sachent bien que je m'y mettrai en personne s'ils ne veulent pas lâcher le morceau.

Smythe leva ses fesses du bureau de Barrett. Faire pression avec la bénédiction officielle, ça, ce serait une expérience inédite.

Il y avait une chose que Barrett ignorait encore, mais Morrissey attendit que Smythe soit sorti, sachant très bien quelle serait sa réaction.

— De mon côté, j'ai appris aussi deux ou trois petites choses, ce matin, commença-t-il. Chez Susan Reed. Par exemple, qu'on peut arrêter la chasse au Rob. Cette bête-là n'existe pas.

Il raconta la suite à Barrett et vit son expression passer de la déception à la colère.

— Quand je pense au temps qu'on a perdu à aller poser des questions partout, et tout ça pour une gouine ! explosa-t-il d'un seul coup. (Morrissey lui jeta un regard navré. Susan Reed n'avait pas complètement tort…) Et comment est-on sûrs qu'elle ne ment pas ? reprit-il. Qu'elle n'est pas en train de couvrir… Bon, je ne vais pas encore retomber là-dedans, conclut-il en hochant la tête.

— Heureux de vous l'entendre dire, dit Morrissey. Et ne soyez donc pas si étroit d'esprit. Je croyais que vous étiez de la génération qui avait pour devise « vivez et laissez vivre ».

— Certains d'entre nous ont grandi, répondit Barrett sèchement. Et la bague ? Vous voulez que je vérifie ?

— Assurez-vous d'abord qu'il n'en soit fait mention nulle part, dit Morrissey, qui pour sa part, en était certain. Sinon, allez voir le type de la morgue, et interrogez-le. Emmenez Smythe avec vous. (Revenant à la liste des noms et adresses correspondant aux numéros de téléphone trouvés dans le répertoire de Natalie Parkes, il reprit :)

Vous avez déjà vu jouer l'équipe de rugby de Malminster ?

— Pas ces derniers temps, non.

— C'est ce que je me disais ; sinon, vous auriez reconnu leur arrière, sur la photo, avec Natalie Parkes. Il faut espérer qu'il ne nous cherche pas la bagarre, parce que vous seriez un peu embêté, conclut Morrissey, en lui souriant avec bienveillance.

Lui n'avait pas de souci à se faire : il avait le gabarit d'un joueur de rugby.

22

— J'allais aller vous voir, de toute façon, déclara immédiatement Bill Thompson, escorté de Barrett et Morrissey.

Un vendeur les regarda passer, l'œil rond ; son client, lui, ne prit même pas la peine de cacher sa curiosité. Le joueur de rugby conduisit les deux policiers à l'arrière de son magasin, dans une réserve dont les hautes étagères étaient encombrées de chaussures de foot et de survêtements, et dont le sol était envahi par les cartons. Un vieux bureau était tapi à côté de la porte, avec deux chaises en piteux état. Morrissey leur jeta un regard méfiant, et resta debout.

— Ça a été un choc d'apprendre pour Natalie, comme ça à la radio, dit Thompson. Je l'avais vue juste avant ; enfin, je suppose, si elle est morte dans la nuit de samedi. (Il regardait Barrett prendre des notes.) Vous écrivez au long ? demanda-t-il, d'un air à la fois détaché et intéressé. Ça doit être dur, si la personne parle vite.

— J'écris vite, répondit Barrett avec le même air détaché. À quelle heure avez-vous dit que vous aviez vu Natalie Parkes ?

— Elle est venue au match, samedi après-midi, et ensuite, on est allés chez moi. C'était pratiquement devenu une habitude, les jours où on jouait à Malminster. J'aurais dû la persuader de rester. Il ne lui serait rien arrivé.

— À quelle heure est-elle partie ? insista Barrett.

— Neuf heures, environ.

— Étiez-vous intime avec miss Parkes ? demanda poliment Morrissey. Intime au point d'avoir une relation sexuelle avec elle avant qu'elle ne parte ?

le lorgna un moment.

— Quel rapport avec la police ? demanda-t-il.

— Un rapport direct. L'acte en lui-même est innocent, et nous pourrions obtenir la réponse autrement, s'il le fallait. Alors pourquoi ne pas nous répondre directement oui ou non ?

— Natalie ne couchait pas à droite et à gauche, dit Thompson ; ce n'était pas ça du tout. Je la voyais depuis Noël, et je voulais qu'elle vienne s'installer chez moi, pour transformer ça en relation durable ; mais elle avait des choses à régler d'abord.

Thompson voûta ses épaules et rentra son menton. Morrissey eut la vision de ce qu'il serait vingt ans plus tard, quand toute cette chair musculeuse serait devenue de la graisse. Une vision assez dérangeante. Il revint à l'attaque.

— J'ai besoin de savoir. Avez-vous oui ou non eu une relation sexuelle avec Natalie Parkes ?

— Oui, répondit Thompson, d'une voix neutre. Oui, et ensuite elle est partie retrouver quelqu'un d'autre.

— Qui ?

— Je ne connais pas son nom. Un homme d'affaires, qu'elle voyait depuis un an ; mais elle devait rompre avec lui. Nous en avions parlé, et c'est ce qu'elle avait décidé. Je sais qu'il était marié, et plein aux as, parce qu'elle m'avait laissé entendre que c'était lui qui l'avait installée dans son appartement.

— Vous êtes-vous disputés à ce sujet ?

— Non, bon Dieu, non. Ça se passait avant que je la connaisse.

— Mais ça devait vous travailler, de ne pas savoir qui c'était, dit Barrett ; de vous dire qu'elle passait comme ça de vous à lui. C'est désagréable. Il y a de quoi mettre n'importe qui en colère.

— Je viens de vous le dire. Elle était sur le point de rompre pour venir s'installer avec moi.

Thompson s'assit à moitié sur le bureau qui grinça et bougea légèrement. Il avait perdu toutes ses couleurs et sa bouche s'était figée.

Morrissey ne doutait pas du chagrin qui se lisait dans ses yeux ; la question était de savoir s'il n'y avait pas là une part de culpabilité.

— Samedi soir, vous l'avez raccompagnée ? demanda-t-il.

— Elle avait sa voiture.

Le regard de Barrett croisa celui de Morrissey.

— Je suppose que vous pouvez nous en indiquer la marque et la couleur ?

— Une Panda noire, immatriculée 237 DWY. Elle l'avait depuis deux ou trois ans, je crois.

— Et elle, vous a-t-elle déposé quelque part ? demanda Morrissey.

— Moi, j'ai pris ma voiture et je suis allé en ville, au club. J'ai pris quelques verres, joué un peu au billard ; ensuite, j'ai mangé un morceau et je suis rentré.

— Et beaucoup de gens vous ont vu là-bas, sans doute ?

— Sans doute, mais où est-ce que vous voulez en venir ?

— Quelle marque, votre voiture ?

— Une break Montego.

— Bonne voiture, dit Barrett. Garée derrière, c'est ça ?

— Là où je l'ai laissée, oui.

— Vous la lavez vous-même, ou vous la faites laver ?

— Je la passe au lavage automatique.

— Vous y êtes allé aujourd'hui ?

— Oui, pourquoi ? Quel est le problème ?

— J'aimerais que vous me donniez vos clés, s'il vous plaît.

— Mais pour quoi faire, bon Dieu ?

— Et que vous nous permettiez d'emmener votre voiture pour qu'elle soit examinée dans les locaux de la police. Elle vous sera rendue en parfait état.

— Ça non, alors ! aboya Thompson. Je ne vais sûrement pas me laisser étiqueter comme suspect ! Enfin, c'est ridicule ! J'aurais préféré me casser une jambe plutôt que de faire du mal à Natalie !

— Vous risquez des ennuis, si vous refusez, dit Barrett. Nous pouvons emmener votre voiture avec ou sans votre permission, de toute façon.

Thompson lui jeta un regard mauvais ; il croisa les bras et ne répondit rien.

— On ferait mieux d'en finir, vous ne croyez pas ? lui dit Morrissey. Allez, c'est réglé.

— Non, ce n'est pas réglé. J'ai vu Natalie pour la dernière fois samedi à 21 heures, et il faudra que vous trouviez ailleurs celui qui l'a tuée.

— Pour cela, il nous faut d'abord trouver les preuves de votre innocence. Jusqu'à quelle heure êtes-vous resté au club ?

— Un peu après minuit. Ensuite j'ai ramené Kenny Hawkes chez lui.

— Son adresse ? demanda Barrett vivement.

Thompson le regarda de travers.

— Oakwood Lane. Au 24. J'ai regardé la fin du film d'horreur sur ITV avec lui, et ensuite, je suis parti. Il devait être une heure et demie du matin à peu près.

Il tira ses clefs de voiture de sa poche et les posa sur le bureau.

— Je ne sais pas ce que vous cherchez, mais ce n'est pas dans ma voiture que vous le trouverez, leur dit-il. Et j'en ai besoin pour aller chez le fournisseur, mercredi.

— Nous aurons fini, lui promit Morrissey, espérant simplement pouvoir tenir sa promesse. Une dernière chose : Natalie Parkes vous a-t-elle dit où elle devait retrouver cet autre homme ?

— Chez elle, répondit Thompson.

Quelque chose vacilla dans son regard. Venait-il de réaliser que cet autre pouvait être l'assassin, ou bien se débarrassait-il soudain de sa propre culpabilité ?

— Nous n'allons pas vous retenir plus longtemps, lui dit Morrissey, tandis que Barrett empochait les clefs. Je voudrais simplement savoir quelle était votre relation avec Gail Latimer.

Thompson avait déjà commencé à se rapprocher de la porte. Il s'immobilisa.

— Je ne la connaissais pas, bon Dieu ! Je ne la connaissais pas ! cria-t-il, en explosant de colère.

Il rentra dans le magasin, laissant seuls Barrett et Morrissey.

Morrissey, assis à son bureau, trempait un petit pain dans la soupe que lui avait faite Margaret. Ce fut lui qui prit la communication, un peu avant 13 h 30. Il reconnut immédiatement la voix, et espéra qu'ils l'aient aussi reconnue aux écoutes. Il fit signe à Barrett d'aller vérifier.

Au bout du fil, l'homme avait l'air plus que contrarié. Son exaspération transparaissait nettement.

— Écoutez, dit-il à Morrissey, je n'ai rien à voir avec la fille du cimetière. Je ne veux pas qu'on dise le contraire, à moins que vous ne teniez à ce que je rende une autre petite visite à votre fifille. Je ne suis pas pressé, vous savez ; je peux attendre qu'elle soit sortie de l'hosto.

Il fallut un moment à Morrissey avant de parvenir à juguler sa colère et d'être capable de parler. Il était en proie au genre de réaction viscérale qu'Osgodby craignait tant.

— Rencontrez-moi quelque part pour m'expliquer. Vous et moi seulement, dit-il d'un ton qui fut rude malgré lui.

— Rien à expliquer. Il y en a trois à moi. La dernière, non.

— Même méthode, lâcha Morrissey.

— Normal, non ? Vous avez étalé ça partout. Peut-être que finalement je ne vais pas attendre. J'ai vu votre femme aujourd'hui, inspecteur. Elle lavait sa voiture. Belle femme.

Il y eut un clic et la communication fut coupée.

Barrett revint en hochant la tête.

— Pas assez de temps, dit-il.

Morrissey appela chez lui, priant le ciel que Margaret y soit, et sachant pertinemment qu'elle n'avait aucune raison d'y être. Au moment où il allait raccrocher, elle répondit.

— Excuse-moi, lui dit-elle gaîment, j'étais en train de me laver la tête. Je dois aller voir Katie tout à l'heure, avec Mike, dès qu'il sera rentré. (Sa voix changea brusquement.) Katie ? C'est au sujet de Katie ?

— Non, rien à voir avec ça, mentit Morrissey. J'avais juste envie d'entendre une voix aimée. Tu as lavé la voiture aujourd'hui, non ?

Margaret se mit à rire.

— Tu recommences, avec ta télépathie ? Je l'ai lavée ce matin, oui. Pourquoi, quelqu'un m'a vue ?

— Ah. Dis donc, tu verrouilles toujours bien les portes ?

— Oui, et je n'ouvre jamais aux gens que je ne connais pas…. Mais je ne vais pas non plus vivre comme une prisonnière. Je sors toujours armée d'une fourche, alors ne t'en fais pas.

— J'essaierai, répondit-il, pince-sans-rire.

En raccrochant, il se sentait un peu mieux. Le téléphone se mit aussitôt à sonner. Il décrocha et entendit une voix encore enfantine, très polie.

— Bonjour, je m'appelle Colin Swift ; vous ne me connaissez pas. J'habite une des maisons en bas du terrain communal, en face de l'arrêt de bus.

— Oui, répondit Morrissey, je vois où tu veux dire.

— Alors, voilà. Je fais beaucoup de photo et j'ai pensé que certains clichés que j'ai pris le jour du meurtre pourraient vous intéresser.

Morrissey se redressa d'un coup dans son fauteuil.

— C'est fort possible, dit-il. Où veux-tu me les montrer ?

— Eh bien, vous pourriez venir, car je ne peux pas me déplacer. Maman ne voudra pas. Je voulais vous parler depuis un moment, mais elle ne voulait pas. Là, elle a dû sortir quelques minutes, elle ne sait pas que je vous ai appelé ; alors quand vous viendrez, ne la laissez pas vous rembarrer, d'accord ?

— D'accord, promit Morrissey gravement. À quel numéro es-tu ?

— Au n° 12. Je vous guetterai par la fenêtre. Vous venez maintenant ?

— D'ici un quart d'heure.

— Très bien ; comme ça, maman sera rentrée, elle pourra vous ouvrir. J'ai vu le parapluie qui roulait, l'autre jour, enchaîna-t-il vivement. J'ai fait une bonne photo. Vous venez vraiment, hein ?

— Je viens vraiment, dit Morrissey, et je suis très content de ton aide.

Il raccrocha et regarda Barrett. Il était en train de manger et s'était mis à mâcher rapidement, pressentant que son repas allait être écourté. Morrissey reversa sa soupe froide dans son bocal. Barrett voulut dire quelque chose mais faillit s'étrangler.

— Prenez votre temps, lui dit aimablement Morrissey en lui tapant vigoureusement dans le dos. Vous avez encore trente secondes !

Barrett essuya ses yeux larmoyants et chercha à éviter le large sourire de Morrissey.

23

C'est la vendeuse du supermarché qui apprit à Louise Harding qu'un nouveau meurtre avait eu lieu. Elle ne sut de qui il s'agissait qu'au journal de midi, et en fut choquée. Un meurtre, c'était quelque chose qui n'arrivait qu'aux autres. C'était faux, bien entendu, mais beaucoup de gens devaient se rassurer de cette façon, et pouvaient ainsi continuer à vivre. L'autre solution se trouvait dans les flacons de tranquillisants.

Elle se remémora douloureusement la scène du petit-déjeuner, le vendredi précédent. Neville était entré dans une rage terrible ; à un moment, elle avait cru qu'il allait frapper Mark. Cela n'aurait pas été la première fois, mais Mark n'était plus un enfant à présent. Peut-être était-ce ce qui avait retenu son mari, de savoir que Mark était capable de le frapper en retour ? Il avait serré le poing, mais n'avait pas bougé.

Qu'il était pénible, pensa Louise avec colère, de vivre comme si Neville avait tout pouvoir. S'il en était ainsi, c'était bien parce qu'elle avait été trop faible, parce qu'elle s'était trop apitoyée sur elle-même pour pouvoir lui résister.

À l'époque où elle l'avait épousé, il n'avait pourtant rien du rustre égoïste qu'il était devenu. Ce n'était pas un imbécile, et il se serait alors bien gardé de se montrer désagréable. Il savait parfaitement ce qu'il faisait à l'époque, en se montrant si prévenant avec la fille du grand patron. Et puis ensuite, les enfants étaient arrivés.

En repensant à Natalie Parkes, Louise se sentit prise d'un sentiment irrationnel de culpabilité. C'était pour détourner la colère de son père que Mark avait fait ses déclarations sur Bill Thompson. S'il en avait été autrement, Neville serait allé voir sa maîtresse samedi soir, au lieu de rentrer peu après 23 heures. Et Natalie serait toujours vivante. *Elle serait toujours vivante…*

La maison des Swift était pratiquement en face de l'arrêt de bus. Lorsque Morrissey descendit de voiture, un jeune garçon lui fit signe de la fenêtre, au premier étage. Il lui répondit de la même façon.

De toute évidence, la jeune femme qui leur ouvrit la porte ne les attendait pas. Morrissey lui montra sa carte.

— Mrs Swift, nous aimerions discuter un peu avec votre fils, lui dit-il. Ne vous inquiétez pas, il n'a rien fait de répréhensible. Simplement, il est possible qu'il puisse nous aider.

— Quand je pense que je ne suis sortie que cinq minutes ! s'exclama-t-elle en plissant le front. Il vous a téléphoné ? J'aurais dû m'en douter. Après tout le cirque qu'il m'a fait, j'aurais dû m'en douter.

Elle avait réellement l'air contrarié, et Morrissey se demanda quelle pouvait en être la vraie raison.

Durant l'enquête au porte à porte, Mrs Swift avait affirmé que personne n'avait rien vu de chez elle le jour du meurtre de Gail Latimer. Peut-être le gamin faisait-il des canulars ? Mais il n'avait pas pu inventer le parapluie…

— Enfin, ce n'est pas un crime d'appeler la police, n'est-ce pas ? dit-il finalement.

Elle releva une mèche de cheveux auburn et la coinça derrière l'oreille. Morrissey lui donnait une trentaine d'années. Il remarqua que, sous le maquillage, son visage était couvert de taches de rousseur.

Pourquoi semblait-elle si inquiète ? Peut-être aurait-il dû être à l'école ? Sa mère avait-elle des problèmes avec lui de ce côté-là ?

— J'ai l'impression que de toute façon, je n'ai pas le choix.

Elle les conduisit au premier étage, dans une grande chambre qui donnait sur le devant, au plafond décoré d'étoiles lumineuses, et aux murs couverts de posters de pop stars. En dehors de deux souris blanches, d'un hamster et des occupants d'un aquarium, le jeune garçon était seul. Un petit rouquin, comme sa mère, avec de grands yeux intelligents et un pauvre corps si tordu que Morrissey en eut le cœur chaviré.

— Eh bien, monsieur Colin, lui dit sa mère, tu t'es drôlement bien débrouillé. Un inspecteur en chef, ni plus ni moins. J'espère que ces fameuses photos valent le déplacement.

On sentait de l'irritation dans sa voix, mais pas de colère. Le visage de Colin s'éclaircit, et il sourit de toutes ses dents. Il s'approcha de Barrett et Morrissey dans son fauteuil roulant et leur donna une frêle poignée de main.

Mrs Swift annonça qu'elle allait faire du thé et sortit.

— J'ai deux supers appareils photo, vous voulez les voir ? demanda Colin. (Il se dirigea vers un meuble où étaient rangés des objectifs, ainsi que différents livres et accessoires de photo.) Voilà, un

Hasselbad, qui a une très bonne définition, et celui que j'utilise le plus, c'est ce Pentax. Évidemment comme il fait absolument tout à part penser, on pourrait dire que c'est un appareil photo pour les imbéciles. Vous pouvez l'essayer, si vous voulez ; il y a une pellicule à l'intérieur. Il suffit d'appuyer sur le bouton.

Morrissey s'approcha de la fenêtre avec l'appareil. Dans le viseur, il aperçut le terrain communal et les bosquets où l'on avait retrouvé Gail Latimer ; ses doigts restèrent en suspens sur le déclencheur. Un peu plus loin, il observa la camionnette d'un marchand de glaces devant laquelle une flopée d'enfants faisait la queue. Il appuya.

— Merci, dit-il au jeune garçon, en lui rendant son appareil. Tu me la montreras quand tu l'auras développée ?

— Je vous la donnerai, même. Vous voulez que je vous la poste ou vous reviendrez ? J'aimerais bien que vous reveniez.

— Entendu, dit Morrissey. Bien, maintenant, voyons un peu ces photos pour lesquelles tu m'as téléphoné.

— Elles sont dans l'enveloppe en papier kraft derrière vous. Asseyez-vous un peu. Maman est allée faire du thé. Vous pouvez me poser des questions, si vous voulez.

L'expression d'espoir qu'on lisait dans ses yeux donnait à penser que les visiteurs devaient être rares.

— On ne peut pas… commença Barrett, mais Morrissey le fit taire d'un regard.

Il s'installa sur une chaise et ouvrit l'enveloppe. À l'intérieur, il trouva des clichés en noir et blanc, d'une netteté impeccable.

— Je me suis servi du trépied, expliqua Colin.

Morrissey hocha la tête tout en regardant la photo du parapluie noir qui dévalait la pente, puis celle de Malcolm Livesey, s'éloignant de l'abribus pour aller le récupérer. Une autre le montrait le parapluie à la main, le regard tourné vers le terrain communal.

— Elles sont dans l'ordre ?

Colin acquiesça.

Morrissey revint à celle du parapluie : rien à remarquer. Avant, il y avait le cliché des bosquets et encore avant, une silhouette sous la pluie, portant le parapluie, à peine visible. Morrissey retint son souffle.

— C'est elle ? demanda Colin, avec dans la voix — comme Mike quelquefois — des accents de fascination morbide. Ce qu'il me faudrait vraiment, poursuivit-il, c'est un agrandisseur, mais maman ne veut pas.

— Ah, et pourquoi ?

— Parce qu'il nous faudra attendre Noël, répondit Mrs Swift, qui revenait avec un plateau. Le Père Noël est trop fauché le reste de l'année, dit-elle en échangeant un regard affectueux avec son fils. Alors, tu as raconté toutes tes histoires ?

— Mouais, répondit-il avec une grimace caricaturale. Comme quoi tu ne me nourris pas, et aussi, que si je suis comme ça, c'est parce que tu m'as enfermé dans une valise. Voilà ! maintenant, la police sait tout, c'en est fait de toi, ah ! J'ai des supers films de gangsters, reprit-il à l'adresse de Barrett et Morrissey, avec Humphrey Bogart, James Cagney, George Raft. Je crois que j'aurais bien aimé vivre dans les années vingt. On peut en regarder un, si vous voulez.

Morrissey, qui comme Barrett, avalait son thé à toute allure, répondit honnêtement :

— J'aimerais beaucoup, mais nous n'avons pas le temps. Quand je reviendrai pour la photo, peut-être.

Colin eut l'air ravi.

— Je vous préparerai le meilleur, alors. Dites, vous pourriez me rendre mes photos, quand vous les aurez bien examinées ?

— Bien sûr, avec les remerciements de la division, dit Morrissey en se levant. Tu es un grand photographe.

Ils prirent congé de Colin.

— Ces photos vous seront-elles vraiment utiles, ou bien était-ce juste pour lui faire plaisir ? leur demanda sa mère en les raccompagnant à la porte.

— C'était pour ça que vous ne vouliez pas qu'il nous en parle ? Pour le cas où il aurait été déçu ? demanda Morrissey à son tour.

Elle fit oui de la tête.

— Il a déjà eu suffisamment l'occasion d'être déçu dans la vie, ajouta-t-elle.

— Eh bien ceci, dit Morrissey en tapotant l'enveloppe brune, pourrait bien être l'élément le plus intéressant que nous ayons eu jusqu'à maintenant.

En remontant en voiture, Barrett avait l'air intrigué.

— Elles sont vraiment si bonnes que ça, ces photos ?

— Non, répondit Morrissey. Mieux que ça.

24

Une patrouille de police avait retrouvé la voiture de Natalie Parkes non loin de Brindley Woods, et lorsque Morrissey arriva, elle avait déjà été remorquée jusqu'au garage de la police. L'équipe du labo allait avoir une journée chargée, car il fallait également s'occuper de la Montego de Bill Thompson. La voiture de Natalie Parkes avait été retrouvée assez près de chez lui, mais cela ne prouvait rien. Seul un imbécile abandonnerait les preuves de sa culpabilité sur le pas de sa porte.

Les clichés pris par Colin Swift avaient été envoyés au labo, avec pour consigne d'effectuer des agrandissements maximum de la zone des bosquets. À présent, Morrissey mourait d'envie d'aller interroger Neville Harding, mais il n'existait rien pour le relier à Natalie Parkes, hormis les ouï-dire rapportés par Margaret. Des ouï-dire dont Harding ignorait l'existence…

Il se demanda avec irritation pourquoi Smythe n'avait encore rien déposé sur son bureau, et pourquoi, apparemment, il n'était même pas rentré. Il envoya Barrett se renseigner.

Les rapports du labo étant arrivés, Morrissey entreprit de les parcourir ; il réalisa avec un certain malaise que le temps passait très vite. Mais Barrett et lui avaient raison. L'assassin avait laissé des indices, il avait été négligent. Sous les ongles de Natalie Parkes, on avait retrouvé des particules de cuir marron — pas de gants de ménage jaunes, cette fois-ci — et sous son pouce droit, des squames épidermiques différents des siens.

Morrissey se laissa aller à un léger optimisme. Dans les poils du pubis, on avait retrouvé quelques poils blonds qui appartenaient sans doute à Bill Thompson et, sur la robe de la victime, des fils de laine provenant d'un pull des îles Aran. Ce n'était pas tout. Derrière la tombe près de laquelle Natalie Parkes avait été retrouvée, un chien avait souillé le sol ; quelqu'un y avait laissé l'empreinte d'une basket, que la proximité du cadavre avait gardée au sec. À chaque bout de la cordelette, on avait retrouvé des traces du cuir marron déjà prélevé sous les ongles. Enfin les bas, la robe, les cheveux et la peau de la victime étaient parsemés de fibres provenant d'un plaid écossais.

Deux amants. L'un apparemment sûr de sa maîtresse, l'autre sur le point de la perdre. Il devenait de plus en plus urgent de voir Neville Harding.

Barrett revint et se mit à faire les cent pas avec fébrilité.

— On a eu un appel à propos d'un type qui traîne du côté des quais, et qui correspondrait au portrait-robot. Smythe et l'inspecteur Beckett sont allés le cueillir.

Morrissey le regarda sans mot dire. Tout cela pouvait-il réellement finir aussi simplement ?

Ils allèrent tous deux s'installer dans l'un des bureaux réservés aux inculpations, et attendirent. L'homme qui arriva encadré par deux policiers correspondait exactement à la description donnée par Cedric Stanley. Mêmes cheveux en bataille, mêmes petites lunettes, même odeur de tabac. Jusqu'à la veste de camouflage avec la machine à rouler dans une poche, et tout un tas de mégots dans les autres. Sous sa barbe de plusieurs jours, il avait l'air effrayé. Il y avait une autre odeur aussi, la puanteur de quelqu'un qui ne s'était pas lavé depuis longtemps ; et de cela, ni Katie ni Cedric Stanley n'avaient parlé. En voyant les nez se plisser autour de lui, Morrissey se demanda s'ils auraient pu passer à côté d'un tel détail.

— Bon, dit-il à Beckett, qui commençait à se gratter ; on l'envoie d'abord au labo. Prélèvements, examen des coupures et autres égratignures, et des vêtements.

— Et un sacré bon bain, ajouta Beckett. Quand voulez-vous lui parler ?

— Disons, après le bain, dit Morrissey, qui observait Smythe, lui aussi en train de se gratter. Rien d'urgent.

— Il ne peut pas y avoir deux types dans Malminster avec exactement la même allure. C'est forcément lui, disait Barrett.

— Forcément ? dit Morrissey, espérant seulement que Barrett avait bien vu le bus qui venait de mettre son clignotant, juste devant eux. En dehors du fait qu'il a la trouille, reprit-il, on peut être sûrs que Katie et Stanley l'auraient repéré à deux kilomètres, avec l'odeur qu'il a.

— C'est peut-être un camouflage.

— Comme la veste. Beaucoup trop neuve pour aller avec le reste de ses vêtements. (Morrissey retint son souffle au moment où Barrett se déporta brusquement sur la gauche pour doubler un bus au ras du trottoir.) Dites donc, si vous voyiez quelqu'un conduire comme ça, vous ne le rateriez pas, hein ?

— La trouille, mais c'est peut-être du chiqué, rétorqua Barrett, comme s'il n'avait pas entendu. Et pour l'odeur, c'est très facile de trouver un endroit où ramasser une mauvaise odeur. La porcherie de Stye Lane, par exemple. Par temps chaud et avec le vent adéquat, il n'y a pas grande différence entre lui et les cochons. (Ils étaient arrivés devant les locaux du journal.) Mais qu'est-ce qui vous fait penser que c'est Harding, le mystérieux amant ?

— Quand vous serez marié, lui dit Morrissey, vous découvrirez que les femmes ont un extraordinaire réseau secret pour se tenir au courant de tout ce qui se passe autour d'elles.

— Les commères cancanent et c'est comme ça que votre femme l'a appris, c'est ça ? dit Barrett de but en blanc, sans réfléchir. Un peu comme des indics bénévoles, non ? (Il arrêta la voiture, et vit la tête de Morrissey.) Non pas que Mrs Morrissey participe à ce genre de choses, se dépêcha-t-il de dire. Heureusement pour nous que tout ça n'est pas tombé dans l'oreille d'un sourd.

Morrissey descendit de voiture, claqua la portière derrière lui et s'éloigna au rythme de ses longues jambes entre les voitures garées un peu partout. Barrett n'avait plus qu'à suivre. À l'arrière du bâtiment, près de l'entrée, une pancarte indiquait « Rédacteur en chef ». Une BMW bleue était garée non loin de là. Morrissey jeta un œil à l'intérieur, mais ne vit aucun plaid écossais.

Il avait déjà rencontré Harding plusieurs fois, et pour lui, c'était le genre d'homme que l'on tolérait plus qu'on ne l'appréciait. Cette impression se renforça lorsqu'il se retrouva ce jour-là face à lui, dans son bureau. Harding avait un visage à la fois maigre et robuste, avec un menton agressif. La force qui se dégageait de lui suggérait la volonté farouche de n'en faire qu'à sa tête. De plus, Harding n'appréciait pas du tout la présence de Morrissey dans son bureau.

— Vous êtes gonflé de venir ici ! commença-t-il. Quel est le problème ? C'est cet éditorial qui vous reste en travers de la gorge ? Pris en flagrant délit, c'est ça ?

Morrissey ignora la provocation.

— Avez-vous vu Natalie Parkes samedi soir, après son départ de chez Bill Thompson ?

— Je ne vois absolument pas de quoi vous parlez, et d'ailleurs, je n'ai même pas envie de chercher. Vous n'êtes pas mon genre de flic, Morrissey.

Vous gaspillez le temps et l'énergie de tous. Coincez donc ce type, au lieu de chicaner sur des détails.

Barrett était de mauvaise humeur après la course honteuse que lui avait imposée son chef au milieu des voitures. Pendant ces premiers échanges, il remit un peu d'ordre dans sa chevelure, lissa les poils épars qui lui servaient de moustache et replaça son gilet. Cela fait, il attendit que Morrissey perde son sang-froid devant les insultes de Harding et se mit à prendre des notes à toute allure pour ne pas perdre le fil.

— Je vous parle de Natalie Parkes, tonna Morrissey, que vous avez installée dans un appartement près du terrain de cricket, et que vous entreteniez en échange de ce que vous vouliez obtenir d'elle. Ne vous fatiguez pas à nier, il y a des témoins. Vous ne pouvez pas balayer ça du revers de la main, pas avec une fille comme Natalie. Alors je vous le redemande : avez-vous vu Natalie Parkes samedi soir ?

Ils s'affrontaient comme deux pitt-bulls, par-dessus le bureau de Harding.

— Vous êtes en retard, mon vieux ! hurla Harding. En retard, comme d'habitude ! J'en avais fini avec cette chienne et ses duperies. Dépenser tout mon fric pour loger Bill Thompson !

— Quand ? aboya Morrissey. Quand avez-vous rompu ? Samedi soir ? Parce que vous veniez justement de découvrir ça. Vous ne supportiez pas de perdre la face, alors vous l'avez tuée !

— J'étais chez moi à 23 heures, glapit Harding. Chez moi.

— Et qu'est-ce qui vous fait penser qu'elle a été tuée après 23 heures ? dit Morrissey, subitement calme. Personne ici n'a mentionné l'heure à laquelle elle a été tuée, que je sache.

— Ce n'est pas le problème. Je vous dis à quelle heure j'étais chez moi, c'est tout. Et réfléchissez un peu. Avec tous les couples qui stationnent là-bas, dans Honeypot Lane, il faudrait être idiot pour risquer un truc pareil avant minuit ; et ce n'est pas mon cas.

— Natalie a quitté Bill Thompson à 21 heures pour vous rejoindre, dit Morrissey. Que s'est-il passé ensuite ?

— Et qui dit ça, s'il vous plaît ? Bill Thompson, peut-être ? On n'en attendrait pas moins. Qu'est-ce qui vous fait croire qu'elle n'est pas restée avec lui, ce soir-là ? Un type qui a été suspendu il y a trois mois pour avoir collé un œil au beurre noir à un autre joueur. Vous aviez oublié ça, non ? Il s'est peut-être aussi énervé avec Natalie.

— J'aimerais regarder dans votre coffre de voiture, dit Morrissey de but en blanc. C'est la BMW qui est garée dehors, c'est bien ça ? Ça ne prendra pas longtemps.

— Je ne suis pas tenu de vous montrer quoi que ce soit, rétorqua Harding, mais je vais le faire, parce que ça me donnera de la sacrée bonne matière pour écrire ce week-end.

Il sortit sans se préoccuper d'eux et descendit l'escalier quatre à quatre.

Le coffre de la BMW était grand et spacieux, il aurait facilement pu contenir le corps de Natalie

Parkes. Il était totalement vide. Barrett fut déçu de ne pas y découvrir un plaid, et se reprocha de s'en être autant remis à l'assurance affichée par Morrissey.

— Vous en avez assez vu ? dit Harding en refermant le coffre et en rempochant ses clefs.

— Vous avez une vilaine égratignure sur le poignet droit, lui dit Morrissey, toujours imperturbable.

— Les rosiers, dit Harding en y jetant à peine un coup d'œil. Écoutez-moi inspecteur : j'étais à Bournemouth, quand le meurtre précédent a eu lieu, et ici même pour celui d'avant. Alors, n'essayez pas de me faire porter le chapeau, j'ai une tête trop bien faite et trop bien pleine.

Une voiture se gara non loin d'eux. Un homme en descendit, et Morrissey reconnut le journaliste du cimetière. Il avait l'air très excité.

— Qu'est-ce qui se passe, Ken ? demanda Harding.

— La police a arrêté quelqu'un, non ? dit-il avec un regard gêné en direction de Morrissey. Ou en tout cas, ils ont un type bizarre, qui correspond au portrait-robot ; d'après ce que j'ai entendu, ce ne serait plus qu'une question de temps.

Harding renversa la tête en arrière et se mit à rire à gorge déployée.

— Bon Dieu, Morrissey, dit-il, vous n'êtes même pas au courant de ce qui se passe chez vous !

Morrissey fit un pas vers lui.

— Je suis parfaitement au courant, Mr Harding, et bien plus que vous ne le pensez. D'ailleurs, j'aimerais bien que vous m'accompagniez au poste, pour répondre à quelques questions. Vous n'êtes pas tenu de déclarer quoi que ce soit, mais…

— Dégagez de là, espèce d'imbécile, j'ai du travail !

Il voulut repousser Morrissey, mais celui-ci lui attrapa le bras et lui fit une clef dans le dos.

— …sachez que tout ce que vous pourrez dire pourra être retenu contre vous, termina-t-il, en le poussant jusqu'à sa voiture.

25

— Pour l'amour du ciel, gémit Osgodby, vous savez qui vous avez là ? Vous l'avez inculpé ?

— Pas encore, répondit Morrissey, qui se préparait à avaler quelques couleuvres.

— Si vous vous trompez, on va nous clouer au pilori, continua Osgodby. L'éditorial de la semaine dernière, c'était déjà bien, mais alors, le prochain. (Il hocha la tête.) Tout le monde sait ce que vous devez ressentir depuis l'agression de Katie, mais vous vous cramponnez à quelques pistes et elles vous donnent toutes un coupable. D'abord, ça été Appleby, ensuite un type qui ressemblait au portrait-robot, et maintenant Harding. Vous abusez de ma crédulité, John. Je veux absolument que vous ayez réglé tout ça avant que le patron ne l'apprenne.

— Mais c'est réglé, dit Morrissey. Je ne prétends pas qu'Harding ait tué les trois premières filles, simplement qu'il a tué Natalie Harding.

— J'espère que vous avez des preuves de ce que vous avancez ?

— J'en aurai ; si on m'en laisse le temps. Et si on me donne un mandat, ajouta-t-il en souriant faiblement. (Osgodby se rétracta.) Il nous faut un mandat, insista-t-il. On ne va pas reculer maintenant, simplement parce que Harding est ce qu'il est, et que ça peut être difficile.

— Bon sang, John, pourquoi ne m'avez-vous pas dit avant que le meurtre de Natalie Parkes n'était pas lié aux autres ? Vous me laissez dans le flou et d'un seul coup, vous me balancez ça, comme ça, sans prévenir. Et ce que vous avez, c'est quoi ? Un ou deux commérages, une égratignure sur le poignet droit, et un alibi, qu'il vous a donné avant que vous ne le lui demandiez. Est-ce qu'on va l'enfermer pour ça ?

— Je l'espère.

Même si Morrissey avait raison, les choses pouvaient être bien plus difficiles. Le pull, le plaid et les baskets avaient peut-être été lavés, ou donnés à une œuvre, ou jetés. Louise Harding, qui était au courant de la liaison de son mari, déciderait-elle de l'aider s'il était coupable ? Pour Morrissey, la loyauté des femmes dans des situations de ce genre restait un mystère. Pourquoi revenaient-elles vivre auprès d'un mari qui les battait, ou attendaient-elles toute leur vie un homme qui, à peine sorti de prison, récidivait immédiatement ? Il n'avait pas la réponse.

Osgodby était préoccupé. Évidemment, si les choses tournaient mal, Morrissey ne serait pas le seul à payer.

— Il vaudrait mieux que cette fois soit la bonne, John, lui dit-il. Je suppose que c'est encore un coup de 90 % d'intuition et 10 % de logique, comme la dernière fois ?

Morrissey sourit à cette allusion. L'enquête de Little Henge… Dans cette affaire, son intuition *avait* bel et bien fonctionné, et Osgodby s'en souvenait.

— Je ne veux pas vous retenir plus longtemps, conclut-il, l'air un peu dérouté. À plus tard.

En bas, Morrissey trouva l'avocat de Harding, apparemment aussi belliqueux que son client, en train de faire un scandale.

— Un homme de la trempe de Neville Harding ! Cette fois, vous allez vous attirer de sérieux ennuis, croyez-moi. Parce qu'il existe des commissions disciplinaires, vous savez. Je veux que vous libériez immédiatement mon client ou je vous colle un habeas corpus.

— Vous pouvez toujours essayer, rétorqua Morrissey, mais vous savez très bien que ça ne marchera pas. Nous sommes en droit de retenir n'importe qui pour interrogatoire — même vous — si l'enquête le justifie.

— Des menaces ?

— Non, un constat, rétorqua Morrissey en s'éloignant, laissant à quelqu'un d'autre le soin de s'occuper de lui.

— J'irai voir le directeur de la police ! lança

l'autre dans son dos et Morrissey tressaillit en pensant qu'Osgodby serait le premier à se faire taper sur les doigts.

Les Harding habitaient dans la partie est de Malminster, là où la ville s'arrêtait pour laisser place à la campagne. C'était une vieille maison à double fronton ; son portique d'entrée lui donnait un air prétentieux. La première réflexion qui vint à Morrissey fut que cela devait coûter une fortune à chauffer. Barrett remonta doucement l'allée qui contournait un massif de lauriers et de rhododendrons, et les gravillons crissèrent sous les pneus.

— Ils auraient quand même pu faire goudronner, dit-il. Dites, vous ne pensez pas qu'on aurait dû venir à plusieurs ? Il doit bien y avoir six ou sept chambres, là-dedans.

— Voyons déjà comment ça se présente, dit Morrissey. On peut toujours demander du renfort par radio.

Il pensait que ce serait une domestique ou une femme de ménage qui viendrait leur ouvrir, mais ce fut Louise Harding elle-même. Elle n'eut pas l'air surprise de les voir, et les fit entrer sans aucune protestation.

— L'avocat de Neville m'a contactée, dit-elle. C'est à propos du meurtre de Natalie Parkes, n'est-ce pas ?

Avec dix centimètres de talons, Louise Harding arrivait à peine à l'épaule de Morrissey, et devait lever la tête pour lui parler. Elle avait dû être jolie, mais à présent sa silhouette s'était épaissie, et elle ne prenait pas non plus la peine de dissimuler ses cheveux grisonnants. En revanche, contrairement à certaines femmes de son âge, son maquillage était discret ; ses rides laissaient deviner que la vie lui avait apporté son lot de problèmes.

Il n'était pas facile à Morrissey de dire ce qu'il avait à dire, et il choisit d'être direct :

— Mrs Harding, étiez-vous au courant de la liaison de votre mari avec miss Parkes ?

Il guettait la colère ou le désarroi sur le visage de Louise Harding, mais il n'en fut rien.

— Naturellement, répondit-elle sans hésitation. Cela durait depuis plus d'un an, rien ne peut rester secret aussi longtemps. En tout cas, pas à Malminster, et surtout pas lorsqu'il s'agit d'un homme comme Neville et des relations coupables qu'il entretient. (Son ton était ironique.) Il se passe des choses bien plus terribles sans que les gens lèvent jamais le petit doigt. En l'occurrence, c'est plus la déloyauté de Neville que son infidélité sexuelle qui m'a dérangée. Je ne sais d'ailleurs pas pourquoi j'en étais surprise. (Elle jeta un regard en coin à Morrissey.) Vous imaginez la chute du genre humain, à cause d'un acte aussi furieusement drôle ?

— Non, admit Morrissey, soulagé de n'avoir à affronter ni larmes ni démentis. Mrs Harding, savez-vous où était votre mari samedi dernier ?

— Au golf, pratiquement toute la journée. Le soir, il est sorti, et il a dû rentrer vers 23 heures.

— Vous souvenez-vous de ce qu'il portait ?

— Quand cela ? Au golf ? Voyons, il avait un pantalon à carreaux bleu vif et une chemise, bleue aussi, avec un sweat jaune. Plus tard, quand il s'est changé, il a mis un costume gris avec une chemise blanche.

— Pas de pull en laine d'Aran ?

— Non ; il n'en a pas. En tout cas, je ne l'ai jamais vu en porter. Peut-être avait-il des vêtements que je ne connaissais pas, chez Natalie Parkes. Je suppose qu'il avait envie de s'habiller plus jeune, avec elle.

— Savez-vous où il est allé samedi soir ?

— Je ne me fatigue jamais à demander ce genre de choses ; et de toute façon, il ne me l'aurait pas dit.

— Vous êtes très franche, Mrs Harding.

— Je ne l'aurais pas autant été voici seulement quelques jours. Depuis, j'ai réfléchi à la situation et je me suis dit que j'aurais dû regarder certaines choses en face depuis longtemps au lieu de faire comme si elles n'existaient pas. C'est quelque chose de très difficile pour une femme de ma génération ; mais maintenant je suis honnête avec moi-même. C'est un mandat de perquisition ? demanda-t-elle en voyant Morrissey sortir un papier de sa poche.

— Oui. Je suis désolé.

— Par où voulez-vous commencer ?

— Là où votre mari range ses vêtements.

— C'est la deuxième chambre sur la droite ; ensuite, il y a la mienne, et en face, celle de mon fils Mark. Les autres chambres sont vides. C'étaient celles de mes deux autres enfants, qui ne vivent plus ici, et une chambre d'amis. (Puis, alors que Barrett se dirigeait déjà vers l'escalier :) Bien, je vais préparer le thé. Autant nous comporter en êtres civilisés, n'est-ce pas ?

— Je ne pensais pas qu'elle serait aussi calme, dit Barrett dès que Louise Harding eut disparu à la cuisine. Vous croyez que c'est le choc ? Une femme qui apprend que son mari a été arrêté pour le meurtre de sa maîtresse, il y a de quoi grimper aux rideaux, non ?

— Vous avez vraiment une piètre opinion des femmes, dit Morrissey. Surveillez-vous, ou elles vont finir par s'en apercevoir ; et alors là, adieu votre réputation ! Au fait, où en êtes-vous avec Janet Yarby, ces derniers temps ? Toujours pas intéressée ?

Les allusions à Janet Yarby touchaient toujours un point sensible chez Barrett ; car avec elle, plus il essayait, plus elle le décourageait. Morrissey nota avec amusement le regard mauvais qu'il lui lança.

Il n'y avait aucun pull en laine d'Aran dans les affaires de Harding ; en revanche, ils trouvèrent trois paires de baskets, pratiquement neuves, mais dont les semelles étaient propres. Dans la chambre de Louise, ils ne mirent la main que sur des affaires à elle. Ils passèrent dans celle de leur fils, qui ressemblait étrangement à celle de Mike, avec tous ses posters et sa chaîne hi-fi. Il y avait aussi un certain nombre d'esquisses au crayon, et des toiles telles quelles, sans encadrement. Même sans s'y connaître particulièrement, Morrissey vit tout de suite qu'elles étaient de qualité. Il se souvint que le fils Harding était aux Beaux-Arts, comme Katie.

Ce fut Barrett qui trouva le pull en retournant le panier à linge sale. Ils descendirent retrouver Louise Harding.

— Ce n'est pas à Neville, leur dit-elle, lorsqu'ils le lui eurent montré, c'est à Mark. C'est moi qui le lui ai tricoté.

— Votre fils était au courant, pour Natalie Parkes ? demanda Barrett en fourrant le pull dans un sac en plastique pour le labo.

— Oui, répondit Louise Harding.

— Cela le perturbait-il ?

— Non, pourquoi ? Il n'a jamais eu de raison de penser que son père était un modèle de vertu.

— Il aurait pu en être perturbé pour vous.

— C'est ridicule, dit-elle, une lueur d'inquiétude dans le regard.

— Votre fils était-il à la maison samedi soir ?

— Non, il était à la fête des étudiants. C'est son copain Peter Heslop qui l'a raccompagné à moto, vers une heure du matin. (Elle frotta ses mains l'une contre l'autre comme si elle avait subitement froid.) Bien, je vais finir de préparer le thé, dit-elle.

— Merci, une autre fois, peut-être, dit Morrissey. Une dernière chose : votre mari possède-t-il un plaid écossais dans sa voiture ?

— Je ne crois pas. Il y a une vieille couverture dans le placard de l'entrée, dont nous nous servions pour les pique-niques, il y a des années de ça ; mais c'est plus grand qu'un plaid.

Elle leur montra le placard et lorsqu'elle souleva la couverture, ils aperçurent une paire de baskets toutes boueuses.

— À qui sont ces chaussures ? demanda Morrissey.

— À mon fils, répondit Louise Harding.

26

Il fallait interroger l'homme qui avait été interpellé sur les quais. L'inspecteur Beckett avait accepté de s'en charger, et Morrissey avait insisté pour que Barrett participe à la corvée, alléguant qu'il connaissait bien le dossier et que sa présence serait utile pour faire entrer une nouvelle pièce dans le puzzle, le cas échéant. Barrett se demanda avec pessimisme si c'était cela qui avait motivé le choix de Morrissey ou si ce n'était pas plutôt la perspective de se retrouver un peu seul.

En fin d'après-midi, Morrissey se rendit aux Beaux-Arts de Malminster. Les cours finissaient à 16 h 30, mais Mark Harding était ensuite resté pour travailler dans le calme des ateliers, afin de constituer un portfolio de son travail. D'autres étudiants étaient également là pour les mêmes raisons, et tous furent un peu surpris d'être interrompus par un inspecteur de la police judiciaire.

Morrissey, suivant son instinct, avait décidé de parler à Mark Harding seul à seul. Un jour peut-être, son instinct lui ferait défaut et alors le ciel lui tomberait sur le tête. Mais ce jour-là, il se réjouit de ne pas être venu avec Barrett, ayant entendu parler des difficultés d'expression de Mark ; la présence d'une tierce personne n'aurait fait qu'ajouter à la tension.

À ce niveau du bâtiment, toutes les salles étaient fermées à clef. Le meilleur endroit pour discuter restait un petit atelier, apparemment libre. Morrissey observa autour de lui les tables oblongues chargées de cadres et les pots de couleurs vives sur les étagères, et leva un sourcil interrogateur.

Mark ferma les yeux, forçant ses lèvres à produire les sons exacts.

— Impression au tamis, parvint-il à dire au bout de plusieurs tentatives, en embrassant la salle d'un geste large.

Morrissey s'en voulait de ne pas s'être mieux renseigné sur lui auprès de sa mère. S'agissait-il d'un simple bégaiement, ou de quelque chose de plus sérieux ?

Une jolie brune un peu ronde entra et vint tranquillement vers eux. Elle passa un bras autour de la taille de Mark et le serra contre elle, comme l'aurait fait une grande sœur. Quoique le sourire que lui adressa Mark reflétait une totale innocence, c'était pourtant lui le plus âgé.

— Vous vous débrouillez, ou vous voulez que je reste ? demanda-t-elle.

— On se débrouille très bien, répondit Morrissey fermement. Et je dois parler en tête à tête avec Mark.

— Ça, c'est la police, dit-elle en levant les sourcils et en faisant mine de taper Mark. Tu as encore été chiper les sucettes des mômes ! Je t'avais bien dit que tu te ferais prendre un jour !

— P-pp-as moi !

Elle sourit et les laissa.

— C-cc-claire, dit Mark en roulant des yeux, une fois qu'elle fut sortie.

— Elle s'occupe de vous ? dit Morrissey. Sympathique. Ma fille est étudiante ici, aussi. (Mark ouvrit de grands yeux.) Katie Morrissey, dit-il. Elle vous connaît.

— J-jj-jolie, m-mais p-pp-pipelette, dit Mark, complétant son portrait d'un geste explicite de la main, les doigts et le pouce mimant une bouche bavarde.

Morrissey, bien contraint de reconnaître là sa fille, reprit :

— J'ai parlé à votre mère à propos notamment d'un pull en laine d'Aran qu'elle vous a tricoté. Je voudrais savoir quand vous l'avez mis pour la dernière fois.

Mark plissa le front et hocha la tête.

— S-ss-semaines, parvint-il à dire.

— Il y a des semaines ? l'aida Morrissey. (Mark sembla soulagé et acquiesça.) Combien ? Deux ? Trois ?

— D-deux.

— Il y a aussi une paire de baskets Adidas à

vous, dans le placard, poursuivit Morrissey ; confortables, l'air un peu usées.

— T-tt-trop pp-petites, dit Mark.

Il prit appui sur la table, et souleva ses pieds pour les montrer à Morrissey. Il chaussait un bon 43. Évidemment, il était toujours possible d'entrer dans des chaussures trop petites, s'il le fallait.

— Connaissiez-vous Natalie Parkes ? demanda alors Morrissey sur le même ton détaché.

Mark rougit violemment. Sa bouche s'ouvrit et se ferma sans qu'aucun son ne sorte. Morrissey soupira, conscient de la lenteur du processus. Sans compter que plus il se sentirait harcelé, plus il lui serait difficile de s'exprimer.

— Je crois que vous devriez rentrer chez vous, maintenant, dit-il. Je vous raccompagne, si vous voulez.

Sans discuter, Mark retourna dans la grande salle et commença à rassembler ses affaires.

Claire, qui travaillait là, posa son stylo et les rejoignit.

— Il n'a pas d'ennuis ? demanda-t-elle à Morrissey, en lui jetant un regard de travers, prête à voler au secours de Mark.

Dans la salle, les autres étudiants levèrent les yeux pour observer la scène. Seul Mark semblait en dehors de tout cela.

— Piquer leurs sucettes aux enfants constitue un délit majeur, dit Morrissey. En l'occurrence, j'ai proposé à Mark de le raccompagner chez lui. Au fait, étiez-vous à la soirée des étudiants, samedi soir ?

— Comment aurais-je pu rater ça ? dit-elle. Tout le monde y était, ou presque.

— Vous aussi, Mark ?

Mark fit oui de la tête.

— Ce petit veinard, c'est Pete qui l'a raccompagné chez lui avec sa nouvelle Kawa. Il y en a, vraiment… !

— Quelle heure était-il ?

— Minuit et demi, à peu près, répondit Claire. La semaine prochaine, c'est mon tour.

— P-pp-prêt, dit Mark, en fermant son sac de toile.

Ils sortirent tous les deux, salués par diverses imitations de sirènes de police, et rejoignirent la voiture de Morrissey.

Louise Harding eut l'air surpris et un peu effrayé de voir son fils arriver en compagnie de Morrissey. Celui-ci attendit que Mark fut monté dans sa chambre pour lui donner des explications. Un flot de musique rock descendit jusqu'à eux, puis le bruit diminua.

Morrissey interrogea Louise Harding sur le handicap de son fils. Elle lui raconta sa chute dans les escaliers lorsqu'elle était enceinte de Mark et la carence en oxygène qu'elle avait entraînée. Morrissey devinait le sentiment de culpabilité qui ne l'avait sans doute jamais quittée et regretta d'avoir ravivé cette douleur ancienne.

— Dites-moi, Mark était-il au courant de la liaison de son père avec Natalie Parkes ?

Elle prit une grande inspiration et regarda fixement le tapis. Au bout d'un long moment, elle se décida et raconta à Morrissey la scène du vendredi matin et l'allusion de Mark à Bill Thompson.

— Je pense que c'est ce qui a poussé Neville à rompre, dit-elle. Il n'aurait jamais supporté qu'elle voie quelqu'un d'autre ; il est très jaloux de ses biens.

En effet, si c'était la première fois que Neville Harding entendait parler de Bill Thompson, cela avait dû le mettre dans une rage folle. Suffisamment pour que naisse son envie de meurtre. Et si le lendemain Natalie Parkes avait avoué cette autre liaison et rompu avec lui, il en avait assez pour passer à l'acte. Un homme comme Harding n'aurait jamais accepté d'être mis ainsi au rebut. Mais sa décision était prise avant de la revoir. Il avait voulu faire le malin, et mettre son acte sur le compte de la série de meurtres précédents. *Sauf que la cordelette dont il s'était servi n'était pas tressée de la même façon.*

— Je n'ai rien dit à votre fils, pour votre mari, dit Morrissey.

— Son avocat maintient qu'il s'agit d'une erreur.

Mais son avocat ne connaissait pas tout le dossier.

— Dites-le lui, quoiqu'il en soit. Il vaut mieux qu'il l'apprenne de votre bouche.

— Neville ne connaissait pas les trois précédentes victimes, insista Louise Harding. En fait, il n'était même pas là lorsque le second meurtre a eu lieu. Il était à Wapping, pour un colloque des rédacteurs de presse.

— Nous ne cherchons pas vraiment à établir ce genre de lien.

Elle comprit.

— Merci d'avoir raccompagné Mark, dit-elle simplement.

Il était déjà 18 h 30. Morrissey en avait appris beaucoup, mais la journée passait trop vite et il en restait autant à faire. Lorsqu'on lui annonça que Tim Beal demandait à le voir, il ne sut s'il devait s'en réjouir.

— Maman m'a dit que vous étiez passé et j'ai pensé que je ferais aussi bien d'aller vous voir tout de suite, commença Tim. Je veux dire, je n'étais pas au courant, jusqu'à aujourd'hui. (Il avait l'air un peu gêné. Morrissey se souvint qu'il avait un faible — non partagé — pour Katie.) Je suis passé dans Forest Drive, ce soir-là, reprit-il. J'ai vu Katie. Si je l'avais déposée... J'y ai pensé, vous savez — et puis, je me suis dit, bof ! puisqu'elle ne veut pas sortir avec moi, qu'elle marche un peu ! J'ai vraiment été bête.

— Vous ne pouviez pas savoir qu'elle était en danger, dit Morrissey. Avez-vous vu quelqu'un derrière elle ?

— Non, mais j'ai cru voir un homme tourner comme pour entrer dans l'une des maisons. Je suppose que c'était lui, qui essayait d'éviter les phares des voitures.

— Sans doute. De quoi avait-il l'air ?

— Vraiment, je n'ai vu qu'une ombre, dit Tim. Vous pensez que je peux aller voir Katie ?

— Pourquoi pas ? Elle va mieux, maintenant. Elle sera sûrement contente d'avoir de la visite.

Morrissey ne voyait pas ce qui pouvait rebuter Katie chez Tim Beal. Personnellement, il lui plaisait plutôt. Peut-être était-ce justement cela : il était trop convenable.

Les parents de Margaret n'appréciaient pas du tout, à l'époque, que leur fille fréquentât un policier. Peut-être était-ce justement cela qui l'avait attirée ? Il était trop tard pour s'en soucier, à présent. Il se souvint néanmoins comment il s'était instinctivement hérissé à la vue de Hicks, dans la chambre de Katie.

Tout en cherchant Beckett, il continua à se demander pourquoi il considérait Tim Beal comme un meilleur parti pour sa fille. La réponse lui échappait. Il trouva Beckett à la cantine, devant une assiette vide et un café à moitié bu. Barrett était avec lui.

— Sacrée perte de temps, l'autre zigoto, lui dit Beckett quand Morrissey se fut assis avec eux. Complètement siphonné. Vous vous souvenez de ses lunettes ? Eh bien, il ne voit même pas avec. Il dit que c'est un type qui les a laissées à côté de lui pendant qu'il dormait ; les vêtements aussi. (Il plissa les yeux et scruta l'expression de Morrissey.) Vous le saviez ?

— Je m'en doutais, disons, répondit Morrissey en poussant la tasse vide de Barrett. Si vous allez en rechercher, vous pouvez m'en rapporter, lui dit-il. Allongé.

Barrett se leva.

— C'est un schizo, continua Beckett, qui est suivi au dispensaire. Vous y croyez, vous ? Il dormait sur les quais depuis des semaines, à court de médicaments. (L'air maussade, il regarda Barrett qui revenait avec les cafés.) Il est toujours au poste ; il attend que l'éducateur vienne le tirer de ce mauvais pas.

— Eh bien, on sait au moins une chose, dit Morrissey. Que ces vêtements n'ont pas été déposés là par hasard ; on était censés les trouver.

— J'aurais deviné ça tout seul, dit Beckett. Ah, on a affaire à un drôle de farceur.

— Oui mais là, on sait qu'il va suffisamment souvent sur les quais, par exemple pour savoir où trouver notre gars — comment s'appelle le type ?

— Billy Rush.

— Pour savoir où trouver Billy Rush. Il commence à faire des erreurs.

— En descendant le quai et en prenant Calder Street, on se retrouve devant le parc où Susan Howarth a été tuée, dit Barrett.

— Ça vaut un coup d'œil, non ? fit Beckett.

— Éventuellement, dit Morrissey, mais beaucoup de gens utilisent ce raccourci. (Il prit sa tasse à deux mains et fixa le breuvage noir. Harding était coupable. Et à présent, il sentait qu'il se rapprochait de l'autre assassin.) Et ces agrandissements, ils sont arrivés ? demanda-t-il à Barrett.

— Ils sont sur votre bureau depuis une heure, répondit Barrett, observant son chef qui prenait une gorgée de café et faisait la grimace.

— J'avais dit allongé, maugréa Morrissey.

— Donnez-moi ça, dit Beckett en lui prenant la tasse des mains. J'ai envie de me défouler sur quelqu'un. (Il rapporta la tasse au comptoir et aboya :) Hé, Charlie ! Viens voir un peu ! Tu appelles ça un café allongé ? Ça te tuerait un pigeon, ça mon vieux !

Le gros Charlie transpirait. Il ne broncha pas. Beckett revint s'asseoir avec une nouvelle tasse.

— Une mauviette, dit-il. Il m'a même pas répondu (Son beeper se mit à sonner.) Ce doit être l'éducateur de Rush, dit-il, le regard féroce. Je vais aller lui parler.

27

Mike aurait dû être de retour à 17 heures, mais il arriva avec une heure de retard, entra par la porte de derrière et monta directement dans sa chambre. Margaret, qui l'attendait pour aller voir Katie, avait commencé à s'impatienter, puis à s'inquiéter. Lorsqu'elle entendit Mike monter dans sa chambre sans même un mot à son intention, elle sentit la colère monter. Il était de mauvaise humeur depuis l'agression de Katie et passait la majeure partie de son temps dans sa chambre. Jusqu'à présent, elle avait mis cela sur le compte du choc. Mais arriver délibérément en retard, alors qu'il savait que sa mère l'attendait et que Katie s'inquiéterait, là, c'était différent. Il était temps qu'elle s'explique un peu avec son fils.

Mike s'était enfermé dans la salle de bains. Contrariée et inquiète, Margaret trouva diverses choses à remettre en ordre tout en guettant le bruit de la chasse d'eau. Comme rien ne bougeait, elle se décida à aller frapper à la porte de la salle de bains, et n'obtint qu'un grognement en guise de réponse.

— Mike, dit-elle, si tu n'es pas aux toilettes, ouvre la porte.

— Laisse-moi.

La voix de Mike était d'une gravité qu'elle ne lui connaissait pas, et cela ne fit que l'inquiéter davantage. Lorsque les enfants étaient petits, Morrissey avait installé sur la porte de la salle de bains un verrou de sécurité dont la vis ressortait à l'extérieur, une vis assez large pour être dévissée avec une pièce de monnaie. Jusqu'à présent, la précaution s'était révélée inutile. Avec un sentiment coupable, Margaret alla chercher une pièce de deux pence et dévissa le verrou de l'extérieur. Lorsque la porte s'ouvrit, elle aperçut Mike, penché au-dessus du lavabo, le visage sanguinolent, tenant à la main un gant de toilette rougi.

Harding jouait toujours les durs, mais il commençait à donner l'impression d'un certain malaise. Il avait refusé de se soumettre à un prélèvement de peau, et le laborantin avait rangé sa plaque de verre inutilisée. Pensant à la masse de travail qui l'attendait déjà, il n'avait pas jugé nécessaire de perdre son temps pour un test de plus.

— Vous ignorez sans doute que l'on peut assez facilement obtenir un échantillon de ce type de cellules, lui avait-il simplement précisé. Il suffit d'un sous-vêtement dans le panier à linge sale pour être fixé.

Cet homme mince et nerveux, qui avait participé à l'examen du corps de Natalie Parkes au cimetière, éprouvait visiblement une certaine satisfaction à mettre à mal l'arrogance de Harding, et celui-ci s'en rendait parfaitement compte. Ce qu'il ignorait en revanche, c'était jusqu'à quel point on pouvait comparer les prélèvements entre eux. Quelle était réellement la marge d'erreur…

Ça, ça le tracassait.

Il avait espéré que Burridge aurait tiré les ficelles et mis en branle les mécanismes nécessaires pour le faire sortir de là avant qu'il n'ait à affronter Morrissey de nouveau. Mais ça ne fut pas le cas. Il ne fit donc aucun effort pour dissimuler son hostilité lorsqu'il se retrouva en présence des deux inspecteurs et de leur magnétophone, pour un nouvel interrogatoire.

— Je ne dirai rien tant que mon avocat ne sera pas là, les prévint-il. Alors, soit vous le faites venir, soit vous vous préparez à perdre votre temps. Sachez en tout cas que je n'aimerais pas être à votre place quand je serai sorti d'ici.

Morrissey ignora la menace. Harding était là où lui voulait qu'il soit, et c'était cela qui comptait. L'inspecteur en chef l'avait également bien fait comprendre à son avocat. Il revoyait l'expression sinistre de Burridge, qui s'expliquait aussi par les copieuses insultes dont l'abreuvait son client. Ne pas tirer sur ses amis, c'était la règle du jeu, mais Harding, lui, ne semblait pas en tenir compte.

— Eh bien, on pourrait régler deux ou trois petites choses, en attendant, proposa Morrissey. Comme par exemple, pourquoi vous refusez les prélèvements de peau. On serait en droit d'attendre d'un homme comme vous, intelligent et très au fait des méthodes utilisées par la police, qu'il connaisse le fonctionnement de ce genre de test, qui peut tout aussi bien prouver la culpabilité que l'innocence.

— Ah oui ? Eh bien, je le sais parfaitement, dit Harding, et je sais aussi autre chose. Que ça vous permettrait de me caser quelque part. Je vous ai déjà dit que vous n'obtiendriez rien de moi, rien, pas une miette. Si vous voulez savoir ce que j'ai à dire, attendez donc l'édition de vendredi.

— À ce propos, examinons quelques faits. Savez-vous que 80 % des victimes de meurtres connaissent leur assassin et que, parmi ce pourcentage, un grand nombre meurent des mains de leur époux ou amant ? Intéressant, non ?

— Pas très, non. Vous cherchez un tueur en série, Morrissey ? Restez là-dessus et laissez donc les pauvres innocents tranquilles.

— C'est comme ça que vous vous voyez ? Comme un pauvre innocent ? Alors laissez-moi vous raconter l'histoire de ce type qui ne supportait pas qu'on le lâche pour quelqu'un de plus jeune et de probablement nettement meilleur au lit, et qui pensait pouvoir faire le malin et éliminer sa maîtresse en mettant ça sur le dos d'un tueur en série. Malheureusement, il a commis quelques erreurs. Il portait des gants, mais sa victime a réussi à le griffer — on a retrouvé des fragments de peau sous ses ongles. Il portait aussi des baskets, qui ont laissé des empreintes impeccables, et un pull en laine d'Aran, dont on a retrouvé des fibres sur la victime. Ensuite, on sait qu'il l'a enfermée dans son coffre, où il l'a laissée une heure, peut-être plus, avant d'aller l'abandonner au cimetière.

— Je ne porte pas de baskets, ni ce genre de pulls, répondit Harding laconiquement.

— Vous devez bien porter des baskets de temps en temps, fit remarquer Morrissey, il y en avait trois paires dans votre penderie.

— Comparez-les avec ce que vous avez.

— C'est fait.

— Et ?

— Les semelles étaient propres et les empreintes ne correspondaient pas. Mais l'homme avait un fils et les baskets du fils, elles, étaient souillées de crotte de chien et les empreintes correspondaient. Et non seulement ça, mais la femme de l'homme en question avait tricoté un pull en laine d'Aran à son fils, qu'on a trouvé au linge sale. Je ne doute pas que le labo y retrouve des traces de Natalie Parkes.

— Elle s'était peut-être entichée de lui aussi.

— Quel genre d'homme est-on, Mr Harding, pour commettre un meurtre dans les vêtements de son fils ?

Harding changea de position sur sa chaise. Son

regard rencontra celui de Morrissey et se détourna aussitôt.

— Quel genre de policier soupçonnerait un homme de cela ? rétorqua-t-il.

— Moi, Mr Harding, répondit Morrissey sur un ton de lugubre certitude ; moi.

Burridge arriva, essoufflé. Morrissey fit signe à Barrett d'arrêter le magnétophone.

— Nous avons décidé, dit-il à Burridge, qu'il n'y avait plus aucun intérêt à interroger Mr Harding pour le moment. Désolé de vous avoir fait déplacer pour rien. (Burridge lui jeta un regard hostile. Son teint n'était plus aussi rubicond ; au contraire, il avait vraiment l'air d'avoir mangé quelque chose qui ne passait pas.) Vous pouvez discuter un moment avec lui, si vous voulez, reprit Morrissey d'un air innocent, il a peut-être quelque chose à vous dire.

Sur ces mots, il sortit avec Barrett et les laissa seuls.

L'agent Hicks l'attendait dans le couloir, devant son bureau. La pensée de Katie chassa instantanément toutes les autres de son esprit. Barrett les laissa pour aller s'installer dans un autre bureau et réfléchir un peu à ce qu'il venait d'entendre. Ils avaient là un scénario très clair, mis en forme par Morrissey, et pour une fois il n'envisageait pas un seul instant que son chef puisse se tromper.

Hicks, l'allure toujours aussi raide, s'était assis.

— Ça n'a probablement aucune importance, chef, commença-t-il, mais je voulais vous dire que j'avais été appelé pour une scène de ménage avec violences, la semaine d'après Noël, dans l'immeuble où vivait Diane Anderson.

Morrissey se pencha vers lui.

— Bon Dieu, mais pourquoi est-ce que vous n'êtes pas venu me dire ça plus tôt ? Ce n'est pas à vous de décider ce qui est ou n'est pas important, que je sache. Bon allez-y, racontez-moi.

— Ce sont plusieurs appartements aménagés dans une vieille maison, avec un entresol et trois étages. Il y avait un couple au deuxième sur l'arrière. Ils n'étaient pas mariés. La fille s'est retrouvée avec un cocard et la lèvre fendue. Le concubin s'était sauvé avant que j'arrive et elle ne voulait pas porter plainte.

— Qui ça ? Diane Anderson ? demanda Morrissey.

— Non, chef. Elle s'appelait Mandy Walters. Elle allait passer la nuit chez une voisine et je suis sûr qu'elle a mentionné le nom de Diane. J'ai l'impression que c'est la même voisine qui avait appelé au moment de la dispute. Je me suis renseigné sur ce qu'il fallait faire dans ces cas-là et on m'a dit de laisser tomber, puisque Mandy Walters ne voulait pas porter plainte.

— Et par la suite, vous y êtes retourné ?

— Non, chef. (Hicks semblait mal à l'aise.) Je me serais souvenu de tout ça plus tôt, mais quand Diane Anderson a été tuée, j'étais en stage, et je n'ai découvert qu'aujourd'hui où elle habitait. J'ai

vu son adresse sur une feuille dans la salle informatique.

— Bien ! Dans ce cas, je ne vous ferai pas jeter
aux fers tout de suite, dit Morrissey. Et comment
allait Katie, quand vous l'avez laissée ?

Hicks rosit légèrement.

— Un peu mieux, je pense, chef. (Morrissey
fronça les sourcils en se rappelant leur partie
d'échecs. Il espérait que c'était tout ce à quoi
Hicks avait essayé de jouer.) Elle était un peu
inquiète parce que sa mère était en retard, et je lui
ai dit qu'elle était sûrement retenue dans un
encombrement.

Mais Margaret aurait dû être là, et Mike aussi.

— Quelle heure était-il ? demanda Morrissey.

— 18 h 30, chef.

Morrissey sentit une giclée acide lui brûler
l'estomac.

28

L'infirmière avait un léger accent irlandais, et sa
voix était bien trop cordiale aux oreilles de
Morrissey. Il avait essayé d'appeler chez lui, mais
sans résultat. À présent, il était sûr que sa femme et
son fils étaient avec Katie, mais cette infirmière lui
disait que non.

— Alors comme ça, vous l'avez perdue ? dit-
elle, comme s'il avait rangé sa femme quelque part

et ne se rappelait plus où. Et vous êtes policier en plus ! Attendez, si vous voulez bien ne pas quitter, je crois que j'ai un message pour vous, quelque part. (Il y eut un froissement de papiers dans le combiné.) Voilà. Mrs Morrissey vous fait dire qu'elle est aux urgences, mais qu'il ne faut pas vous inquiéter. Mike s'est ouvert la tête et a besoin de points de suture.

Après l'avoir remerciée, Morrissey raccrocha et commença à se faire de la bile.

— Alors, ça va, patron ? Votre femme est là-bas ? demanda Barrett, qui croyait que les choses s'étaient arrangées.

Morrissey le mit au courant, tout en continuant à se demander pourquoi et comment son fils pouvait avoir besoin de points de suture. Peut-être s'était-il blessé au rugby ? Une mêlée qui avait mal tourné ?

Devant lui, sur son bureau, étaient étalés les agrandissements des clichés du terrain communal. Il était évident que ce qui avait intéressé Colin Swift, c'était l'orage qui se préparait, et les gros nuages bas qui enflaient ; c'était donc un pur hasard que sur l'une de ces photos, l'on aperçoive Gail Latimer marchant près des taillis, se détachant sur les nuages derrière elle. Sur le cliché suivant, Colin, indifférent à cette promeneuse solitaire, avait photographié un éclair. C'était encore un coup de chance : il était évidemment impossible de prévoir à quel moment l'éclair illuminerait le ciel. Ensuite, quelque chose d'autre avait attiré son attention, et il était revenu au chemin. Il avait alors pris le parapluie dévalant la pente.

Morrissey réexamina la photo où l'on apercevait Gail Latimer. Elle tenait le parapluie bien devant elle, et son visage était presque entièrement dissimulé ; d'après le peu que l'on pouvait en voir, il était tourné de côté, regardant vers les taillis.

— Comme si elle avait entendu ou vu quelque chose, dit Barrett, penché par-dessus de l'épaule de Morrissey ; mais quoi ?

À ce moment, ils distinguèrent la tache blanche d'une main sur un tronc. Pas en bordure des taillis, plus loin, en profondeur, là où l'ombre était plus dense. Il aurait pu s'agir d'autre chose... mais non, on distinguait les doigts, bien écartés.

— Les gants de caoutchouc, dit Barrett. Je parie que c'est ça. Un cliché de plus au même endroit, et on l'aurait eu.

— Je pense, dit Morrissey en entourant quelque chose au crayon, que c'est un morceau de sa tête qu'on voit là. Cheveux bruns, apparemment, et si c'est bien sa tête, on va savoir quelle taille il fait. Ce n'est peut-être pas grand-chose, mais c'est plus que ce qu'on a pour le moment.

Il mit la photo de côté. C'était la dernière vue des taillis. Les suivantes avaient été agrandies en totalité. Celle du parapluie, roulant seul au bas de la pente, semblait irréelle. Puis il y avait celle de l'homme qui sortait de l'abribus pour aller voir ; il montait un peu la colline, et son amie le rappelait. La dernière photo les montrait tous les deux, côte à côte sous le parapluie. Ensuite, Colin s'était de nouveau tourné vers l'horizon.

En jetant un dernier coup d'œil à toutes les

photos, Morrissey s'aperçut qu'il en avait passé une sur laquelle, du fait de l'angle, Colin avait photographié la route en suivant les nuages qui l'intéressaient. Une voiture arrivait face à l'objectif, mais ce n'était pas cela qui avait attiré l'attention de Morrissey : c'était la camionnette blanche de l'autre côté. S'abritant toujours sous le parapluie noir, le couple achetait une glace. Morrissey eut un sentiment d'excitation. Si la camionnette du glacier avait longé le terrain et les maisons de l'autre côté, là où habitait Appleby, son chauffeur avait peut-être vu un homme à pied ou au volant d'une voiture, sans savoir quelle importance cela pouvait avoir.

Il commença à ranger son bureau. Toujours pareil, pensait-il. Un jour, rien, et le lendemain, trop de choses d'un seul coup ; trop de pistes à suivre en même temps.

Bien. Il chargerait Barrett de la scène de ménage chez les hypothétiques voisins de Diane Anderson. Il n'y avait qu'une chance infime que cela ait à voir avec l'enquête, mais si Diane Anderson était impliquée, il fallait absolument savoir ce qui s'était passé.

— Je sais qu'il est tard, Neil, mais je voudrais que vous commenciez à vous occuper de ça, dit-il à Barrett en lui tendant le rapport de Hicks sur l'incident. Par ailleurs, demandez à Smythe s'il peut nous obtenir un agrandissement de ce tronc avec la main dessus.

Il rassembla ses affaires.

— Vous rentrez ? s'enquit Barrett poliment.

Morrissey lui lança un regard sévère.

— Je vais vérifier que le fils Harding ne s'est arrêté nulle part en rentrant samedi soir.

Barrett le regarda partir. Pour lui, ça allait, il avait une femme qui l'attendait. L'œil morne, il pensa à Michelle, se demandant s'il arriverait un jour à conclure...

En descendant, il rencontra l'agent Janet Yarby.

— Il paraît que vous marchez plutôt bien, sur cette enquête, lui lança-t-elle avec un sourire engageant.

Cette sorte de chaleur dans sa voix était si totalement inattendue qu'il ne sut que répondre. Il ne put que lui sourire stupidement, l'œil rivé à ses jambes galbées, alors qu'elle continuait de monter l'escalier pour disparaître dans le bureau de l'inspecteur Beckett.

Margaret était encore aux urgences. Mike avait passé une radio et on était en train de lui poser des points de suture dans l'une des salles attenantes. Lorsque Morrissey apprit que son fils avait été agressé dans le passage souterrain non loin de là, il eut du mal à contenir sa rage. Il s'était déjà produit une demi-douzaine d'incidents à cet endroit depuis deux mois, mais Mike était le premier à être blessé. Pourquoi ? Parce qu'il s'était battu plus que les autres, ou parce qu'il était le fils de Morrissey ?

Lui-même commençait à se demander s'il ne devenait pas un peu parano. Les agresseurs étaient des adolescents, à peine sortis de l'école, probablement sans travail. Cela, on le savait grâce à des témoins. Jusqu'à présent les victimes de ces agressions étaient des femmes âgées, représentant pour eux des cibles faciles. Harding les appelait les « voleurs de grand-mères ». Il se demanda ce qui se passerait quand les jeunes délinquants prendraient possession du monde. Armageddon, peut-être...

— Et encore, ils ont été séparés, dit Margaret, d'une voix mal assurée, sinon, ça aurait été pire. (Elle esquissa un sourire.) Tous les coups durs arrivent en même temps... on sera peut-être tranquilles après. Si tu vas voir Katie, peux-tu lui dire que j'arrive avec Mike ? Mieux vaut tard que jamais. Mike veut la voir, mais je ne le laisserai pas longtemps. (Son optimisme semblait faiblir.) Tu as fini ? Tu rentreras avec nous ?

Il aurait bien voulu lui dire oui ; c'était visiblement ce qu'elle espérait.

— Non, mais j'espère être rentré pour 22 heures, dit-il. Dis à Mike que je suis venu.

Il lui pressa la main, et partit.

Il espérait trouver Katie seule dans sa chambre, mais Hicks était encore là, en jeans et T-shirt cette fois, pour une partie d'échecs. À l'arrivée de Morrissey, il se leva en rougissant légèrement. Il y avait des jonquilles et des iris tout frais dans un vase à côté du lit. Morrissey jeta un regard noir.

— Ian m'a apporté des fleurs, lui dit sa fille dans un croassement encore douloureux. Elles sont jolies, hein ?

Katie avait l'air gaie et heureuse et Morrissey réalisa que c'étaient les premières fleurs qu'on lui apportait. Elle avait eu un tas de petits amis, mais aucun ne lui avait jamais manifesté ses sentiments de cette façon.

Hicks avait-il donc ses chances ? Dans ce cas, Morrissey aurait certaines choses à lui dire, mais pas devant sa fille.

— Très jolies, répondit-il d'un ton impassible, en s'approchant du lit. (Il ébouriffa les cheveux de Katie, qui lui lança un regard désapprobateur.) Ta mère arrive, lui dit-il. Mike s'est un peu bagarré et il a fallu lui poser quelques points de suture. (Katie eut l'air terrifié.) Rien de grave, seulement des mômes qui traînaient dans la rue, se dépêcha-t-il d'ajouter, sachant que Katie revoyait instantanément l'image de son agresseur.

Elle se détendit un peu.

— Pauvre Mike. J'espère que tu vas les coincer, hein ?

— Je l'espère aussi. Bon, je ne faisais que passer, il faut que j'y aille. Je peux vous déposer quelque part ? dit-il à Hicks d'un ton significatif.

— Je vous remercie, chef ; je suis venu en voiture, répondit Hicks poliment.

Vaincu, Morrissey déposa un baiser paternel un peu embarrassé sur le front de sa fille, et les laissa.

Au Cock and Crown, dans Victoria Street, la plupart des consommateurs ne prêtaient aucune attention à la télévision au-dessus du bar, dont l'image tressautait. Ceux qui regardaient le bulletin de 22 heures apprirent qu'un individu répondant au signalement du tueur était actuellement entendu par la police dans le cadre de l'enquête.

L'homme accoudé au bar se sentit subitement des envies de largesses.

— Allez, tournée générale ! s'exclama-t-il (Les yeux étonnés des autres clients se braquèrent sur lui.) Ils l'ont attrapé, non ? Sous les verrous ! Ça vaut bien un petit verre !

Le sentiment d'avoir marqué un point sur Morrissey lui était particulièrement agréable. Jamais il ne ferait d'erreur. Quand il repensait au vagabond qui dormait sur le quai, il estimait qu'il lui avait plutôt fait une faveur. Au moins, il allait passer quelques nuits au chaud et le ventre plein.

Il se mit à rire tout seul... puis se rendit aux toilettes parce qu'il sentait qu'il avait mouillé son pantalon. Bientôt, très bientôt, il allait tuer de nouveau. Ses pensées s'attardèrent un moment sur l'image de la fille avec laquelle il avait vécu avant que Diane ne s'interpose. Le souvenir de scènes violentes lui revint et l'excita ; il ouvrit sa braguette et retourna s'enfermer aux toilettes.

En son absence, le patron servit quatre bitters et un whisky.

— C'est de pire en pire, déclara-t-il. À mon avis, il est à moitié dingue. En tout cas, il n'est pas normal...

Personne ne réagit à ce qu'il venait de dire. Dépité, il alla regarder les joueurs de fléchettes.

29

— Non, on ne s'est arrêtés nulle part, répondit Peter Heslop à Morrissey. Je voulais acheter un plat à emporter, mais Mark a dit qu'on mangerait quelque chose chez lui en arrivant.

— Et c'est ce que vous avez fait ?

— Oui.

— C'est Mrs Harding qui vous a préparé quelque chose ?

— Non. Mark.

— Mais elle était là ? insista Morrissey.

— Elle est descendue en robe de chambre pour nous dire que le père de Mark était rentré et qu'il ne fallait pas faire de bruit, et puis elle est allée se recoucher. Nous, on avait envie de mettre la musique à fond — d'ailleurs on aurait pu, puisqu'en fait son père n'était pas là.

— Qu'est-ce qui vous fait dire ça ? demanda Morrissey, espérant obtenir la preuve qui lui manquait encore pour mettre Harding à l'ombre.

Peter remonta sa manche gauche et montra à Morrissey la marque qu'il avait sur le bras.

— Et la moto aussi en a pris un coup, se plaignit-il. Je suis sorti de la route à Topliss Farm, à cause de papa Harding. Si je n'étais pas allé dans le fossé, je l'aurais percuté.

— Comment savez-vous que c'était Harding ?

— Parce que j'ai reconnu sa BMW. Il n'y en pas tant que ça dans le coin. Difficile de se tromper.

— Et il ne s'est pas arrêté ?

— Non, et pourtant il s'est sûrement rendu compte de ce qui se passait. Avec sa femme qui le croyait au lit, il a dû se dire qu'il ne craignait rien. Heureusement que j'avais ralenti, en arrivant au coin. C'est une nouvelle moto, je ne prenais pas de risques.

Harding, lui, en avait pris, des risques.

— Seriez-vous prêt à témoigner par écrit de tout cela ? demanda Morrissey.

— Pour faire tomber le père de Mark ? dit Peter Heslop, légèrement sur ses gardes. Je ne sais pas. J'aime bien Mark, et c'est déjà assez dur pour lui de vivre avec son père.

— Ce n'est pas le délit qui m'intéresse à proprement parler, c'est l'heure à laquelle vous l'avez vu. Quelle heure était-il ? Une heure et demie ?

— Je dirais même presque 2 heures ; peut-être plus. Je suis parti de chez Mark à moins dix. En quoi ça l'affectera, lui, si je témoigne contre son père ?

— En rien, promit Morrissey.

— Alors, d'accord, dit Peter. Quand voulez-vous ?

— Demain matin. Le plus tôt possible.

— Avant les cours, alors. Je mettrai le réveil ; je ne suis pas très doué pour me lever tôt.

Morrissey aurait bien voulu parler à Malcolm Livesey et Lorraine Shaw avant de rentrer, mais il était tard et ils étaient sortis. La mère de Lorraine, la réplique de sa fille en plus rond et moins sûre d'elle, lui dit qu'il les trouverait peut-être au pub

— au Donovan ou au Rockerfellers — et que de toute façon, elle laisserait le message à sa fille. Morrissey dut se contenter de cela. Dans le meilleur des cas, s'ils avaient le message, ils viendraient le voir le lendemain matin. Sinon, il lui faudrait revenir.

Le souterrain où avaient eu lieu les agressions se situait sous un grand rond-point, au sud de Malminster, à la jonction entre quatre grands axes de circulation. Le centre du rond-point avait été ouvert et ses versants aménagés ; quatre passages souterrains pour piétons en émergeaient. La municipalité avait même fait installer des bancs en bois, pour qui souhaiterait éventuellement s'asseoir un moment au milieu du vacarme de la circulation et des gaz d'échappement.

Morrissey se gara dans une rue attenante et descendit dans le passage. Il régnait une odeur d'urine rance ; plusieurs plafonniers étaient en panne. Il resta un moment au centre du rond-point, à observer le ciel nocturne et à se demander ce que Mike avait bien pu venir faire là. Ce n'était ni le chemin de la maison, ni celui du collège.

En revanche, c'était tout près d'une salle de jeux qui suscitait beaucoup de mécontentement dans Malminster. Mike y était-il allé alors qu'il savait que sa mère l'attendait pour se rendre à l'hôpital ?

Il retourna à sa voiture et décida de prendre par les petites rues pour rentrer. En passant dans Eskdale Road, il aperçut deux gamins qui sautaient par-dessus la barrière de l'école. Il se souvint de ce que lui avait demandé son ami Haines, à propos des graffiti qui détérioraient régulièrement les murs du bâtiment. Comme il faisait nuit et qu'il roulait en voiture banalisée, les gamins ne firent pas attention à lui et commencèrent à s'éloigner sans se presser, en parlant fort dans le silence. Morrissey les dépassa et s'arrêta un peu plus loin ; lorsqu'ils furent revenus à sa hauteur, il ouvrit sa portière et les empoigna tous les deux. Ce ne fut qu'une fois au poste, lorsqu'ils vidèrent leurs poches devant les policiers, que Morrissey découvrit, pêle-mêle avec les bombes de peinture, le bracelet-montre de Mike.

— Il va vraiment être content, Mike, dit Margaret. Je lui avais bien dit que tu les retrouverais vite, mais il n'avait quand même pas le moral.

Morrissey posa sa veste sur une chaise et regarda la pendule de la cuisine. 23 heures. Un jour, il arriverait à rentrer à l'heure promise. Le miracle, c'était que Margaret ne faisait pas plus d'objections.

— Et que faisait Mike dans le passage souterrain ? demanda-t-il, maussade, en se lavant les mains à l'évier. Ce n'est pas du tout le chemin pour rentrer.

Il entendit Margaret ouvrir le four et commencer à servir le ragoût ; il savait qu'elle cherchait désespérément quelque chose à dire pour détourner la colère de son mari. Ce qui en soi prouvait déjà la culpabilité de Mike. Et Morrissey était réellement *en colère.* Son fils savait parfaitement qu'il fallait éviter cette salle de jeux.

— Ça ne sert à rien de te mettre en colère contre lui, dit Margaret. Le problème, c'est ce qui est arrivé à Katie. Il croyait toujours qu'avoir un père policier nous protégerait de tout ; il lui a fallu comprendre qu'il avait tort. Je suis désolée, John ; il a simplement perdu confiance en son super papa et il se rebelle. Peut-être que ça ira mieux demain quand il apprendra que tu as coincé ces deux-là. Mais on ne peut pas lui parler ce soir. Il a vraiment pris un mauvais coup, et il dort.

Super papa ! Comme Katie. Quelles que soient ses raisons, pensait Morrissey en entamant son dîner, il faudrait quand même lui parler, lui rappeler qu'il pouvait éviter de se trouver au mauvais endroit au mauvais moment. Il n'apprécierait pas les remontrances, ce genre de sermons qui empiétaient sur sa liberté. Le fossé pouvait-il se creuser entre un père et son fils, à partir d'une situation comme celle-là ? Il trouvait cette idée effrayante. Le souvenir d'une autre peur lui revint.

— Tu te rappelles qui tu as vu ce matin, quand tu es allée laver la voiture ?

— Qui j'ai vu ? À pied ?

— À pied ou en voiture.

Il attendit. Fallait-il lui parler du coup de fil de ce matin ? Oui, il le fallait.

— Tu cherches à savoir si j'ai réussi à démasquer ton réseau d'espions ? Et d'abord, qui t'a dit ce que j'avais fait ce matin, de toute façon ? (Elle remarqua l'expression sérieuse de son mari.)

Voyons, j'ai dit bonjour à une demi-douzaine de voisins, ensuite il a dû passer une vingtaine de voitures au moins, y compris la police, puis deux bus, la camionnette d'un glacier, les éboueurs, le facteur. Je ne me souviens pas d'autre chose. Il pouvait y avoir cinquante personnes dans le bus qui m'ont vue laver la voiture, je ne regardais pas tout le temps. Tu ne veux pas me dire de quoi il s'agit ?

Morrissey lui raconta.

— Je ne suis pas inquiète, dit-elle finalement, avec un haussement d'épaules. Je sais très bien que tu ne laisserais rien d'autre nous arriver.

Elle espérait qu'il ne s'apercevrait pas de son mensonge.

Morrissey avait un message sur son bureau. Malcolm Livesey et son amie viendraient le voir à 12 h 30. Ce n'était pas ce qu'il escomptait, mais il faudrait qu'il s'en contente. Peu avant 8 h 30, Peter Heslop arriva pour faire sa déposition. Il fallut le rassurer une dernière fois : cela ne causerait aucun tort à Mark. Ensuite, ce fut Barrett qui arriva. Il était toujours à la recherche de Mandy Walters, et n'avait toujours rien. L'appartement qu'elle habitait, sur le même palier que Diane Anderson, avait été reloué à deux infirmières, qui ne savaient rien ni sur elle ni sur son petit ami. Personne dans l'immeuble ne savait non plus où elle était allée. Le premier rapport de Hicks la présentait comme coiffeuse. Barrett espérait simplement qu'elle travaillait toujours au même endroit.

Il y avait un second message pour Morrissey : Osgodby l'attendait dans son bureau à 9 heures. Morrissey se dit que sa tête sur un plateau ferait sans doute aussi bien l'affaire. Mais la chance était de son côté, car le rapport d'expertise du labo arriva avant 9 heures, et ce qui s'y trouvait, même Osgodby ne pouvait le repousser d'un revers de la main. Morrissey eut même le temps de se demander pourquoi, dans notre société, un partenaire de golf était toujours bien moins suspecté d'avoir commis un meurtre que le laitier du coin.

Le rapport du labo confirmait que le cadavre de Natalie Parkes, avant d'être déposé au cimetière, avait été placé dans le coffre de sa propre voiture, dans laquelle on avait retrouvé des fibres de ses vêtements et des cheveux lui ayant appartenu. Pas d'empreintes en revanche : Harding avait été prudent de ce côté-là. Mais nettement moins en ce qui concernait les cheveux gris retrouvés sur l'appuie-tête, et qui correspondaient exactement à ceux que l'on avait prélevés sur son peigne, chez lui. Surtout, il serait incapable d'expliquer comment on en retrouvait également dans le nœud de la cordelette qui avait servi à étrangler Natalie Parkes.

Satisfait, Morrissey emporta tout cela avec lui pour le montrer à Osgodby.

Il le trouva fatigué. On pouvait lire sur ses traits qu'il n'avait pas beaucoup dormi la nuit précédente. Depuis l'arrestation de Harding, il avait subi des pressions de toutes parts. Tant que l'on ne disposait pas d'autre chose que de présomptions, il était bien difficile de le retenir ; et Osgodby savait que jusque-là, il n'existait aucune preuve de sa culpabilité. Il ne pouvait que s'en remettre au flair de Morrissey, et se rongeait les sangs.

Mais lorsque celui-ci lui soumit son rapport, accompagné de la déposition de Peter Heslop, il comprit qu'il était sauvé.

— Je veux être là quand vous l'inculperez, dit-il d'un ton lugubre.

Morrissey acquiesça. Pour une fois, ils étaient sur la même longueur d'ondes.

30

L'odeur aigre imprégnait l'appartement depuis si longtemps qu'il s'y était habitué. Elle ne venait pas d'un endroit en particulier, mais d'un peu partout, comme une sorte de miasme. Elle émanait de l'eau gris brun dans l'évier, où trempait toute sa vaisselle, du siège des toilettes entartré, d'un morceau de chiffon puant avec lequel il avait essuyé du vomi, la nuit précédente, et qu'il avait ensuite jeté dans un seau où s'accumulaient d'autres morceaux de tissu dans le même état.

Il avait trop bu, et son portefeuille était presque vide. Il avala les quatre derniers comprimés d'antalgique ; puis, malgré sa migraine lancinante, il tenta de se souvenir. Qu'est-ce qu'il avait bien pu fêter…. Ah oui : la farce faite à Morrissey. Il se remit à rire. Ce pauvre clodo, qui pieutait sur les quais depuis des semaines, qui ramassait des mégots et faisait les poubelles...

Au fur et à mesure que la douleur s'atténuait, il savourait de nouveau sa ruse ; une bonne idée qu'il avait eue, de s'identifier physiquement à cet homme. Pas un seul instant il ne se dit que ce pouvait être une erreur de sa part ou que Morrissey était peut-être en train de resserrer les mailles du filet autour de lui. En fait, ses pensées étaient concentrées sur la cordelette qui se trouvait dans sa poche, et sur le plaisir qu'elle allait lui donner.

Il se mit à repenser à cette garce, qui était à l'origine de tout. S'il la trouvait, il lui serrerait le cou. Il ne l'avait même jamais frappée fort, rien de comparable avec la fille de Bolton. Il n'y avait vraiment pas de quoi aller sonner chez Diane avec des hurlements pareils. Il lui avait crié de revenir. « Fous le camp, Foxy, fous le camp ! T'es un malade ! » Voilà ce qu'elle avait répondu, tellement fort que tout l'immeuble avait entendu.

Trois garces étaient mortes. Quand on découvrirait que c'était de sa faute à elle, on l'enfermerait pour de bon.

Il partit travailler à pied, s'attendant à voir des policiers déployés sur les quais. Il fut déçu. Il toucha la cordelette dans sa poche. Son seul réconfort. Tout ce qu'il y avait en lui, tout ce qu'il y avait jamais eu, c'était une colère froide, comme un morceau de glace.

31

Lorsque Harding vit entrer Osgodby dans la salle d'interrogatoire, il en tira des conclusions erronées. Il crut que Morrissey avait été lâché par ses supérieurs, et la seule idée d'être relâché et de pouvoir enfin le ridiculiser le faisait bicher. Fred Burridge, son avocat, entra également.

— Il était temps ! s'exclama Harding, le menton agressif. Finissons-en, que je puisse rentrer chez moi.

Sans aucun préambule, Morrissey l'inculpa du meurtre de Natalie Parkes. L'assurance de Harding fit place à des sentiments nettement plus primaires.

— Je vous conseille Jameson pour votre défense, lui dit Burridge avec détachement. Voulez-vous que je lui parle ?

— Parlez à qui vous voulez ! hurla Harding, mais faites-moi sortir d'ici, bon Dieu de bon Dieu !

Les veines sur ses tempes ressemblaient à deux cordelettes. Dans sa colère, il souleva l'une des chaises et la brisa sur la table.

Une réaction de violence instinctive, que Morrissey comprenait mais n'excusait pas. La raison n'y avait plus sa place. Si Harding avait tué dans cet état, un jury lui aurait peut-être accordé les circonstances atténuantes, mais ce n'était pas le cas. Lorsqu'Harding était allé voir Natalie Parkes ce fameux soir, il avait préparé la cordelette pour elle. Seul ce détail le rapprochait du tueur qu'il avait voulu imiter.

Barrett passa pratiquement toute la matinée sur les traces de Mandy Walters. Il s'était rendu au salon où elle travaillait comme coiffeuse, mais on lui avait appris qu'elle avait quitté son travail le lendemain du jour où Hicks était intervenu chez elle. Elle n'avait pas dit à ses collègues où elle allait, et celles-ci regrettaient de n'avoir pas été mises dans la confidence. Mais elles la comprenaient.

— Ce type avec qui elle vivait, confia l'une d'elles à Barrett, était un cinglé. Ça faisait des mois qu'on lui disait de le laisser tomber. Quand elle l'a quitté, elle n'a plus voulu venir travailler, de peur qu'il ne cherche à la revoir.

— C'est ce qu'il a fait ?

— Tous les jours, pendant à peu près un mois. Il restait dehors et il regardait sans arrêt à l'intérieur, l'air de rien, vous voyez. Et puis, il a arrêté.

— Vous devez savoir comment il s'appelle ?

— Foxy. C'est comme ça que Mandy l'appelait. Pas mal, physiquement, enfin si on aime ce genre de type.

— Quel genre ?

Il y eut un murmure amusé.

— À mi-chemin entre John Travolta et Jack l'Éventreur, si vous voulez. Mandy disait qu'il avait un problème d'alcoolisme ; c'était devenu tellement sérieux qu'il ne pouvait plus avoir d'érection sans la frapper avant. (La jeune fille sourit à Barrett et ajouta d'un air coquin :) Je parie que vous n'avez pas ce genre de problèmes, vous.

Barrett pensa à Michelle, à sa vie amoureuse complètement décousue, et la laissa spéculer sur la question.

Peu après, il retrouva enfin la trace de Mandy Walters, par l'agence qui lui avait loué son appartement. Seul son nom à elle figurait sur le contrat. Foxy ne l'avait semble-t-il rejoint que plus tard, sans officialiser son arrivée. Avant cela, elle vivait chez ses parents — c'était du moins ce qui était indiqué dans le dossier. Barrett se rendit donc à Inchwood, à 8 kilomètres de là, chez les parents de Mandy Walters.

Ils habitaient une maison de brique bien proprette. Dans l'allée, Barrett tomba sur Mr Walters qui lui barra le passage, et ne consentit à abaisser la pelle qu'il tenait à la main qu'après avoir vu la carte de Barrett. Puis il le conduisit à l'intérieur et le fit entrer dans la cuisine.

Du premier coup d'œil, Barrett comprit pourquoi Mandy Walters était retournée chez elle. Dans sa robe de femme enceinte, elle avait l'air curieusement déséquilibrée avec son gros ventre proéminent. Elle ne devait plus être qu'à quelques semaines du terme. Il avait eu l'intention de la brusquer un peu et de lui soutirer au besoin les renseignements nécessaires, mais il lui fallut réviser sa méthode et adopter une certaine douceur, ce qui ne lui était pas naturel. Il essaya de penser à ce que ferait Morrissey à sa place.

— Ça n'a rien à voir avec vous personnellement, lui dit-il. Vous n'avez aucune raison de vous
inquiéter. Je suis à la recherche de Foxy. Savez-
vous où il vit depuis que vous êtes séparés ?

— Non, répondit la jeune fille. Je ne veux même
pas le savoir. Pourquoi le recherchez-vous ?

— Nous voulons parler à tous ceux qui connaissaient Diane Anderson. Foxy la connaissait, non ?

— Seulement parce qu'elle m'avait hébergée le
dernier soir, quand il m'avait frappée. Avant, il
l'avait simplement aperçue dans les escaliers.

— C'est Diane qui avait appelé la police ?

— Oui.

— Et vous avez passé la nuit chez elle ? (Elle
acquiesça.) Et après avoir déménagé, vous l'avez
revue ?

— Une fois seulement. Je l'ai rencontrée au
marché de Malminster. On est allées prendre un
thé ensemble et elle m'a dit qu'elle avait eu des
problèmes avec lui, après mon départ. Il était venu
cogner à sa porte. (Mandy attrapa une chaise derrière elle, et se laissa tomber dessus lourdement.)
Ensuite, j'ai appris qu'elle avait été tuée. Je n'ar-
rivais pas à le croire… J'aurais voulu que ce ne
soit pas elle…

— Mandy a même pensé que ce pouvait être lui,
l'assassin, intervint Mr Walters, mais on a dit que
c'était le même qui avait tué cette autre fille. Moi,
je vais vous dire une chose : j'ai jamais battu mes
femmes, et je ne laisserai pas ce salaud faire un
truc pareil. Si jamais il vient par ici, je lui règle son
compte !

À moins que la police n'arrive à le coincer d'abord, pensa Barrett.

— Quel était le vrai nom de Foxy ?

— Vincent Daryl Fox. Il travaille chez Plumley's, dit Mandy. (Elle posa les mains sur son ventre.) Je ne supporte pas l'idée qu'il devienne comme lui, dit-elle, en parlant de l'enfant qu'elle portait. J'espère que c'est une fille, reprit-elle, du désespoir plein la voix. Il faut *absolument* que ce soit une fille.

Dans le bureau de Morrissey, Malcolm Livesey et Lorraine Shaw examinaient, l'air plutôt surpris, la photo les représentant en train d'acheter des glaces, près du terrain communal.

— Je ne pensais pas que c'était le genre de détails qui vous intéresseraient, dit Malcolm. C'est Lorraine qui a voulu que je fasse arrêter la camionnette ; je ne croyais d'ailleurs pas qu'il s'arrêterait, parce qu'il roulait assez vite.

— Mais c'était Plumley's, vous comprenez, sinon je n'en aurais pas eu spécialement envie, dit Lorraine. C'est de la vraie crème qu'ils mettent dans leurs glaces, pas cette espèce de substitut infâme.

— Je comprends, dit Morrissey. Ça en valait la peine. Mais j'aurais bien aimé que vous me disiez tout cela avant ; je vous avais demandé de me parler de tous ceux que vous aviez rencontrés.

— Oui, mais Plumley's, c'était après le reste. On ne pensait pas que ça pouvait compter, dit Malcolm.

— Ça aurait pu énormément compter, dit Morrissey sévèrement.

— En tout cas, il avait quelque chose derrière la tête, ce type, dit Lorraine.

— Tu n'en sais rien, objecta Malcolm.

Lorraine prit un air buté : ils avaient déjà dû s'accrocher sur la question.

— Qu'est-ce qui vous fait dire ça ? demanda Morrissey. Il était bizarre ou bien était-ce seulement parce qu'il roulait vite ?

— Bizarre, dit Lorraine. Je veux dire, pourquoi porter des gants de ménage pour conduire ?

— Mais pour garder les mains propres, dit Malcolm d'un ton bref. On a déjà discuté de ça.

Morrissey essaya de ne pas trahir un intérêt soudain.

— Et de quelle couleur étaient-ils, ces gants ?

— Jaunes.

— Est-ce qu'il les a enlevés pour vous servir ?

— Oui, répondit Lorraine ; mais il ne les a pas remis après, donc ce n'était pas pour garder les mains propres, conclut-elle triomphalement.

Malcolm soupira et roula des yeux au ciel.

— Décrivez-le moi, demanda Morrissey. Du mieux possible.

— Il avait des airs de Travolta, dit Lorraine. Tu ne trouves pas, Mal ?

— Moi je dirais qu'il avait l'air sournois.

— Mais il nous a mis plein de glace, dit Lorraine. Il faut être juste, hein ?

— C'est ça, répéta Morrissey, pensif. Il faut être juste.

Barrett rentrait au pas de course. Il croisa Malcolm et Lorraine à l'entrée, mais ils avaient l'air en grande discussion et ne semblèrent pas le voir.

Impatient de rapporter ce qu'il avait appris à Morrissey, il prit les escaliers quatre à quatre et entra dans le bureau tout essoufflé.

— J'ai retrouvé Mandy… commença-t-il.

Mais Morrissey avait autre chose en tête que des histoires de scènes de ménage. Quoi que Barrett ait à dire, cela devrait attendre.

— Il se peut qu'on le tienne, Neil, lui dit-il. Un chauffeur de chez Plumley's. Il nous faut juste son nom.

Barrett prit un air omnipotent.

— Vincent Daryl Fox, dit-il, satisfait. Le concubin de Mandy Walters. C'est ce que j'essayais de vous dire.

32

Geoff Carter dirigeait le secteur des crèmes glacées à la Laiterie Plumley's. C'était un homme osseux, à l'expression préoccupée, avec un menton fuyant et des cheveux qui se faisaient rares. Il venait de recevoir la visite de la Commission pour l'Environnement et l'Hygiène, et ne sentait pas du tout disposer à subir un interrogatoire policier. Et comment bon Dieu était-il censé empêcher les rats d'arriver jusqu'ici ? Ils venaient des quais, non ?

Du bureau où il pouvait surveiller le va-et-vient des camionnettes, il avait vu arriver les voitures de la police et avait commencé à s'inquiéter. Quelques instants plus tard, Morrissey se présenta à lui et expliqua les raisons de sa visite.

— Je ne savais pas qu'il trempait dans quelque chose, sinon je ne l'aurais pas gardé, dit Carter, en lui jetant des regards nerveux. (Il tendit à Morrissey une fiche de salaire au nom de V. D. Fox.) Qu'est-ce qu'il a fait ?

Morrissey ne répondit pas.

— Est-ce qu'il couvre tous les jours le même secteur, du côté du terrain communal ?

— Pas toujours, non. Il n'y est pas aujourd'hui, par exemple. En fait, je me demandais même s'il serait capable de conduire. Certains soirs, il se prend de telles bitures, que s'il a la gueule de bois le lendemain, je le mets en général sur un poste fixe. Aujourd'hui, il est à l'entrée du parc, près des courts de tennis.

— Mais vous gardez tous les jours les relevés de leurs itinéraires ? Vous devez en avoir besoin, de toute façon ?

— Ils tiennent les registres ; pareil pour l'essence et le kilométrage.

— J'aimerais voir celui de Fox, dit Barrett.

Carter attrapa un livre à la couverture brune que Barrett commença à consulter avec le sentiment que quelque chose touchait à sa fin. Il arriva aux dates recherchées.

— Quel genre de type est-ce, ce Foxy ? demanda Morrissey. Ça fait longtemps qu'il est ici ?

— Dix-huit mois, répondit Carter. Il ne m'a jamais donné de souci. Il a ses problèmes, bien sûr. Qui n'en a pas ? Pas très sympathique, peut-être. Certains gars disent qu'il est barjo, mais cela s'explique : il n'a pas vraiment bien démarré dans la vie.

— Vous le connaissiez avant ?

— Il habitait à deux pas de chez moi, quand il était môme. Vous voyez où ils ont construit la piste de skate ? Eh bien, il vivait là, tout seul avec sa mère ; la troisième maison dans Garden Street.

— Il n'y avait pas de père ?

— On en a tous un, mais pour lui c'est difficile de savoir qui. Sa mère, en tout cas, vous l'avez sûrement déjà rencontrée, reprit-il en voyant l'expression intriguée de Morrissey. Elle travaillait dans les pubs du côté de Market Place. Une bonne femme aux traits assez durs.

— Une prostituée ?

— On l'appelait Tina-deux-à-la-fois. (Il vit que Morrissey avait compris.) Je savais bien que ça vous dirait quelque chose. En tout cas, le gosse, lui, il a fait le mac dès qu'il a su parler.

Tina Haigh. Morrissey se souvenait d'elle. Il l'avait bouclée plusieurs fois pour racolage.

— Et où est-elle maintenant ? C'est son fils qui la fait vivre ?

— Je ne l'ai pas revue depuis que le quartier a été démoli. Pendant un moment, Foxy a habité à Bolton, et maintenant, il a un appartement seul. Une vraie porcherie, d'ailleurs. Vous avez l'adresse sur sa fiche.

Morrissey croisa le regard de Barrett, qui lui fit un signe en tapotant le registre.

— Très bien, dit Morrissey. Je vous remercie de votre aide, Mr Carter.

Morrissey reprit le chemin de sa voiture à longues enjambées, suivi de Barrett. De sa fenêtre, Carter les regarda partir et se dit que si la camionnette de Foxy avait le téléphone, il l'appellerait pour le prévenir. Qu'est-ce qu'il avait bien pu bricoler ? Si c'étaient des histoires de vol, il fallait qu'il sache. Il pouvait fermer les yeux sur certaines choses, mais sur le vol, non. Il se fit une note pour penser à interroger Foxy là-dessus, puis se replongea dans ses comptes.

Pour Foxy, la journée avait mal commencé, et ça ne s'arrangeait pas. Il n'aimait pas du tout être coincé dans un point de vente. Il voulait être sur la route, pour pouvoir repérer des endroits intéressants. Il y avait du soleil ce matin-là, mais les nuages commençaient à arriver de l'est, et un petit vent s'était levé. Le parc était presque désert.

À part le bref coup de feu de la mi-journée — des collégiens pour la plupart, venus de l'autre côté du parc — il maudissait toute cette perte de temps. Le fish and chip en face avait beaucoup plus de succès.

Les élèves avaient tous repris le chemin du collège à présent, hormis une jeune fille dont le petit ami travaillait apparemment au garage d'à côté. Ils se disputaient d'ailleurs depuis dix bonnes minutes et Foxy avait passé la tête à la fenêtre pour regarder. Ni l'un ni l'autre ne faisaient attention à lui et le bruit de la circulation rendait leurs paroles incompréhensibles. À un moment, la jeune fille éleva la voix, et il entendit :

— Fous le camp !

Il rentra sa tête et continua d'observer la suite de l'intérieur de la camionnette. Le petit ami était parti. La jeune fille attendait au bord de la route, pour traverser. Elle était blonde, comme Mandy, avec la même coiffure, long sur le dessus et court derrière et sur les côtés. Il aimait bien passer ses doigts dans ses cheveux courts. Mandy aussi aimait ça. Ça l'excitait même, à une époque, avant qu'elle ne choisisse d'aller pleurnicher chez Diane.

« Fous le camp ». Elle lui avait dit ça aussi, à *lui*.

Les femmes étaient vraiment toutes des salopes. Il chercha dans sa poche et sentit la cordelette tressée. Cela le rassura.

La jeune fille s'était mise à marcher, tête baissée ; elle ne le regarda pas en passant devant lui. Lorsqu'elle eut atteint le chemin qui longeait les courts de tennis, il ferma la camionnette et la suivit. Elle n'aurait pas dû se donner les allures de Mandy ; c'était elle qui l'avait cherché.

Personne. Morrissey se sentait mal à l'aise. Ils venaient de trouver la camionnette fermée, mais il y avait autre chose, quelque chose d'intangible dans l'air qui lui faisait dresser les cheveux sur la tête. À chacune des trois autres entrées du parc, il avait fait poster une voiture de la police. Derrière lui, Smythe et Copeland attendaient son signal.

— Il est peut-être aller pisser, dit Barrett. Ça doit être un peu pénible d'être ici toute la journée.

— C'est trop calme, dit Morrissey. Enlevez le bruit de la circulation, et il n'y a rien d'autre. (Son malaise s'était transmis à Barrett qui se tourna pour mieux écouter.) Pas un oiseau, reprit Morrissey.

Barrett fit signe à Smythe et Copeland.

— Ils n'ont qu'à aller jeter un œil aux toilettes, dit-il. Ça ne sert à rien de rester là. Le type a dû attendre la fin du coup de feu et maintenant il est allé pisser.

— Quel coup de feu ? dit Morrissey.

— Les élèves du collège, de l'autre côté. À moins que les choses aient changé, ils descendent toujours en masse ici le midi, pour aller au fish and chip ; et quand il leur reste un peu d'argent, ils se payent une glace sur le chemin du retour.

Morrissey se détourna pour observer le chemin qui coupait le parc en deux en longeant les courts de tennis. Pas assez large pour les voitures, mais suffisamment pour les vélos et les piétons. Son regard remonta jusqu'en haut de la butte où l'on apercevait le sommet des rhododendrons. Sur la droite, une rangée d'arbres descendait jusqu'à la roseraie.

On entendit un vol d'étourneaux, bavards et bruyants.

— Quelque chose les a dérangés, dit Barrett.

Mais Morrissey courait déjà dans leur direction, dégingandé avec ses grandes jambes et sa veste qui lui battait les flancs.

— Il en tient une ! gronda-t-il seulement par-dessus son épaule. *Dépêchez*, bon Dieu !

Ils foncèrent, pris de panique.

Ils trouvèrent le type dans les rhododendrons, à califourchon sur la fille, la cordelette à la main. Il paraissait exulter littéralement, ivre de pouvoir. Le bruit des pas qui s'approchaient se confondit à celui du sang qui lui battait les tempes. Il ne se rendit compte de rien jusqu'au moment où Morrissey l'empoigna violemment.

Katie était rentrée à la maison depuis une semaine et Malminster retrouvait peu à peu sa vie normale. Quant à la jeune collégienne, elle avait eu beaucoup de chance. Morrissey espérait qu'elle serait à jamais reconnaissante aux oiseaux de leur intervention.

La chance avait tenu une place importante dans cette enquête : si Hicks n'avait pas aperçu cette adresse dans un dossier, qui avait permis d'établir le lien entre « Foxy » et Diane Anderson, tout aurait mis beaucoup plus longtemps ; mais c'était cela, le travail de policier. Si l'on faisait la part des choses, à chaque fois c'étaient 90 % d'investigations et 10 % de chance. Comme le tristement célèbre éventreur du Yorkshire, qui avait fini par être arrêté à cause d'une stupide infraction au code de la route.

Mais celui qu'il fallait réellement remercier, c'était Colin Swift, et son appareil photo. Morrissey n'avait nullement l'intention d'oublier cela, et il ne permettrait pas à la division de l'oublier. Avec de bons arguments, il était possible de tout obtenir des personnes concernées. La Direction générale de la police avait déjà fêté l'événement, mais la semaine suivante, c'était Colin que l'on fêterait. Il avait déjà bien apprécié la balade en voiture de police, avec sirène, et la visite guidée des locaux, comme pour un personnage de première importance. Plus que tout, il avait adoré le labo photo de la police. À l'occasion de la petite fête en son honneur, ce serait Osgodby qui lui remettrait en personne l'agrandisseur tant désiré, avec leurs remerciements à tous. Morrissey attendait ce moment avec impatience.

Quant à Barrett, il attendait un autre moment avec impatience. Il était fier comme un pape d'avoir réussi à obtenir deux places pour aller voir *Cats* avec Michelle — ce qui signifiait une nuit entière à Londres — et il ne tenait plus en place.

— Vous prenez des chambres séparées, j'espère, dit Morrissey, d'un air faussement sévère.

Barrett lui sourit de toutes ses dents. Janet Yarby entra à ce moment-là, avec une pile de papiers pour lui.

— Oh ! Je donnerais un bras et une jambe pour aller voir ça, dit-elle en apercevant les billets sur son bureau. Enfin, je suppose que ce n'est même pas la peine d'y penser ; vous n'en avez sûrement pas d'autre.

Avec un petit sourire triste, elle tourna les talons ; en sortant, elle adressa un grand sourire à Morrissey. Tout le monde savait que Barrett emmenait une certaine Michelle au théâtre, mais ça ne coûtait rien de retourner un peu le couteau dans la plaie.

Barrett rangea les billets dans sa poche, les yeux douloureusement rivés sur la porte, méditant sur la longue cour qu'il avait faite à Janet Yarby, sans succès.

— Il est toujours délicat de courir deux lièvres à la fois, lança Morrissey avant de sortir.

Arrivé chez lui, il pendit son manteau dans l'entrée. Des voix lui parvenaient de la cuisine. Margaret et Katie… et puis une troisième, une voix d'homme.

Un ami de Katie, sans doute. Tous comme des mouches autour d'un pot de miel. Mais il était content qu'elle les fasse venir à la maison. Cela prouvait qu'ils n'avaient pas complètement échoué, Margaret et lui, en tant que parents. Mais que se passerait-il si un jour, elle amenait quelqu'un qui ne leur plaisait pas du tout ? Eh bien… Il serait plus facile de travailler la situation de l'intérieur, le moment venu. Il chassa cette pensée sinistre. Katie était quelqu'un de suffisamment avisé…

Il entra dans la cuisine.

Hicks était là. « Sauvez la forêt », ordonnait son T-shirt. En apercevant son chef, il rougit et le salua.

Morrissey lui jeta un regard noir.

— Et qu'est-ce donc qui ne pouvait pas attendre, Hicks ?

Katie regarda son père bizarrement et attrapa la main rigide du jeune homme.

— Katie a amené Ian ici pour dîner, avant de sortir, dit Margaret gaîment. C'est sympa, non ?

— Formidable, répondit Morrissey avec un sourire carnassier à l'adresse du jeune homme.

Il sortit et monta se changer dans sa chambre.

IMPRIMÉ EN FRANCE PAR BRODARD ET TAUPIN
Usine de La Flèche, le 20-05-1997.
Dépôt édit. : 2620-06/1997
N° Impr. : 5003C-5
ISBN : 2-7024-2720-0
Édition 01

IMPRIMÉ EN FRANCE PAR BRODARD ET TAUPIN
Usine de La Flèche (Sarthe). 20-05-1997
Dépôt légal : 7820-06-1997
N° d'impr. 3908-5.
ISBN : 2-7024-9720-0
Édition 01

52/0891/3